路文彬 著

人民文学出版社
天水出版社

为孩子解读

《儒林外史》

图书在版编目（CIP）数据

为孩子解读《儒林外史》/ 路文彬著. -- 北京：天天出版社，2022.12（2023.5重印）

ISBN 978-7-5016-1983-2

Ⅰ.①为… Ⅱ.①路… Ⅲ.①《儒林外史》—小说研究—少儿读物

Ⅳ.①I207.419-49

中国版本图书馆CIP数据核字(2022)第217420号

责任编辑：郭　聪　　　　　　　美术编辑：邓　茜
责任印制：康远超　张　璞

出版发行：天天出版社有限责任公司
地　址：北京市东城区东中街 42 号　　　　邮编：100027
市场部：010-64169902　　　　传真：010-64169902
网　址：http://www.tiantianpublishing.com
邮　箱：tiantiancbs@163.com

印　刷：三河市博文印刷有限公司　　经销：全国新华书店等
开　本：880×1230　1/32　　　　印张：6
版　次：2022 年 12 月北京第 1 版　印次：2023 年 5 月第 2 次印刷
字　数：100 千字

书　号：978-7-5016-1983-2　　　　定价：30.00 元

目 录

认识《儒林外史》

《儒林外史》里的人物

另一种思考

认识《儒林外史》

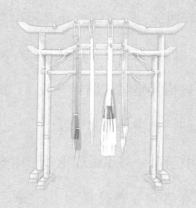

《儒林外史》是一部怎样的小说？

说起中国古代文学的成就，只要一提到小说，人们必会如数家珍地列出《水浒传》《三国演义》《西游记》《红楼梦》这"四大名著"。其实，可以和这四大名著比肩的小说还有两部——《儒林外史》和《聊斋志异》。因此，与其说"四大名著"，不如说"六大名著"更为准确，不然，恐怕就是对《儒林外史》《聊斋志异》这两部古典小说的"傲慢与偏见"了。

在被称作中国第一部小说理论单行本专著的《小说话》一书中，作者解弢曾这样写道："章回小说，吾推《红楼》第一，《水浒》第二，《儒林外史》第三。"显然，在解弢看来，无论如何，《儒林外史》在古典名著中都占有一席之地。

认可《儒林外史》文学地位的名流还有许多，比如，中国现代思想家、文学家钱玄同在《寄陈独秀》一文中谈及中国小说时，就高度肯定了《儒林外史》的价值："弟以为旧小说之有价值者，不过施耐庵之《水浒》，曹雪芹之《红楼梦》，吴敬梓之《儒林外史》，李伯元之《官场现形记》，吴趼人之《二十年目睹之怪现状》，曾孟朴之《孽海花》六书耳。"

在为《儒林外史》作序时，钱玄同继续强调："中国近五百年来第一流的文学作品，只有《水浒》《儒林外史》和《红楼梦》。"到了他这里，四大名著生生被削减成了三大名著，并且用《儒林外史》将《三国演义》和《西游记》毫不客气地挤了出去。

针对钱玄同的这一观点，胡适有话要说，于是，他在《再寄陈独秀答钱玄同》一文里写道："钱先生谓《水浒》《红楼梦》《儒林外史》《官场现形记》《孽海花》《二十年目睹之怪现状》六书为小说之有价值者，此盖就内容立论耳。适以为论文学者固当注重内容，然亦不当忽略其文学的结构。结构不能离内容而存在，然内容得美好的结构乃益可贵。今即以吴趼人诸小说论之，其《恨海》《九命奇冤》皆为全德的小说。以小说论，似不在《二十年目睹之怪现状》之下也。适以为《官场现形记》《文明小史》《老残游记》《孽海花》《二十年目睹之怪现状》诸书，皆为《儒林外史》之产儿。其体裁皆为不连属的种种实事勉强牵合而成。合之可至无穷之长，分之可成无数短篇写生小说。此类之书，以体裁论之，实不为全德。"

这里，胡适一语道出了《儒林外史》作为长篇小说在结构上的不足。他认为，《儒林外史》与《红楼梦》等古典名著相比，明显缺乏故事情节上的完整性和连贯性，不够成熟。关于这个问题，学者蒋瑞藻在《小说考证》中进一步指出："《儒林外史》之布局，不免松懈，盖作者初未决定写至几何人几何事而止也，故其书处处可住。处处可住者，事因人起，人随事灭也；处处不可住者，灭之不尽，起之无端故也。此其弊在有枝而无干。"可以说，没有主干的确是《儒林外史》一个显在不足，但瑕不掩瑜，这点终究抹杀不了它在思想上的卓越高度，令众多同类作品都难以企及。

所以，胡适并未因此就轻视了《儒林外史》的文学成就，相反，最后他仍然坚持认为："故鄙意以为吾国第一流小说，古人惟《水浒》《西游》《儒林外史》《红楼梦》四部，今人惟李伯元、吴趼人两家，其他皆第二流以下耳。"胡适依然接受了中国古代四大名著的说法，不同的是用《儒林外史》将《三国演义》取而代之。同样，蒋瑞藻也没有因为《儒林外史》"有枝而无干"就忽略了它的妙处，照旧赞叹道："然以行文论，则笔笔中锋，无有懦语；以叙事论，则句句干净，无有懦词；迥非风云月露之词章家所能望其肩背也。"

迄今所见关于《儒林外史》最早的评点文字，是1803年卧闲草堂刊刻社付梓该作时附上的闲斋老人序。

此序对于世人盛赞《水浒》《金瓶梅》"章法之奇，用笔之妙，且谓其摹写人物事故，即家常日用米盐琐屑，皆各穷神尽相，画工化工，合为一手，从来稗官无有出其右者"，十分不以为然地反驳了一句："呜呼！其未见《儒林外史》一书乎？"言外之意是《儒林外史》的描写刻画功力远在《水浒》和《金瓶梅》之上。

至于鲁迅，虽对中国文学格外挑剔，但对《儒林外史》则刮目相看。而他最看重的就是《儒林外史》的讽刺特色。讽刺被鲁迅当成了针砭时弊的利器，它也是那个时代最能体现文学济世功用的一种力量。在《中国小说史略》中，鲁迅指出："迨吴敬梓《儒林外史》出，乃秉持公心，指摘时弊，机锋所向，尤在士林；其文又戚而能谐，婉而多讽：于是说部中乃始有足称讽刺之书。"鲁迅认为："在清朝，讽刺小说反少有，有名而几乎是唯一的作品，就是《儒林外史》。"而且在他看来，"在中国历来作讽刺小说者，再没有比他（吴敬梓）更好的了"。鲁迅的寥寥数语可以看作对《儒林外史》艺术特征的最精准概括。

不过，与胡适、钱玄同等人迥然有别的是，鲁迅没有把自觉传承《儒林外史》讽刺笔法的《官场现形记》和《二十年目睹之怪现状》这两部名噪一时的谴责小说看得可以和前者并驾齐驱。他以为，就艺术性而论，这两部作品明显不够含蓄和节制，反而过于夸张和放肆，"描写失之张皇，时或伤于溢恶，言违真实"。因此，鲁迅觉得这样的写法与其说是讽刺，不如说是"谩骂"。他甚至由此得出结论："……所以讽刺小说从《儒林外史》而后，就可以谓之绝响。"

鲁迅欣赏的这种讽刺风格可以说就是后来一度被广泛认可的批判现实主义写法，现代时期的中国主流作家几乎都在学习和践行这样的写作方法，力图借此来表达对当时社会现状的不满，以及建立公平正义制度的社会理想。也正是基于这样的立场，茅盾在《谈我的研究》

一文里表达出了这样的观点：

> 本国的旧小说中，我喜欢《水浒》和《儒林外史》。这也是最近的事。以前有一个时期，我相信旧小说对于我们完全无用。但是我仍旧怀疑于这些旧小说对于我们的写作技术究竟有多少帮助。至于《红楼梦》，在我们过去的小说发展史上自然地位颇高，然而对于现在我们的用处会比《儒林外史》小得多了。如果有什么准备写小说的年青人要从我们旧小说堆里找点可以帮助他"艺术修养"的资料，那我就推荐《儒林外史》，再次，我倒也愿意推荐《海上花》——但这决不是暗示年青人去写跳舞场之类。

站在批判现实主义的角度，茅盾看到了《儒林外史》高于《红楼梦》的意义和价值。于是，他直言不讳：这个时代需要的文学作品是《儒林外史》，而不是

《红楼梦》。

然而，历史事实却是《儒林外史》的影响力远不及《红楼梦》的大，甚至连进入四大名著榜单的资格都没有。这到底是为什么呢？

胡适在《五十年来中国之文学》里给出了这样的解释："但这部书是一种讽刺小说，颇带一点写实主义的技术，既没有神怪的话，又很少英雄儿女的话；况且书里的人物又都是'儒林'中人，谈什么'举业''选政'，都不是普通一般人能了解的，因此，第一流小说之中，《儒林外史》的流行最不广……"

而鲁迅的解释有替《儒林外史》打抱不平的架势，在为叶紫小说集《丰收》所写序言中，他讥讽道："中国确也还盛行着《三国演义》和《水浒传》，但这是为了社会还有三国气和水浒气的缘故。《儒林外史》作者的手段何尝在罗贯中之下，然而留学生漫天塞地以来，这部书就好像不永久，也不伟大了。伟大也要有人懂。"

　　胡适说的是这部了不起的小说在内容上和传统小说不大一样，不对大众的阅读口味，所以普通人不容易懂。鲁迅干脆认为不普通的读书人其实读不懂它的伟大。读不懂固然是《儒林外史》不受重视的一个重要原因，但其反对科举，蔑视官僚，倡导逍遥无为生活方式的价值观，应该也是一个不可小觑的原因。另外，在一贯讲究温良敦厚文风的国人眼里，吴敬梓的讽刺性小说笔法极易被误解成"形容刻薄，非忠厚之道"，进而将他的"醒世"苦心低估为泄私愤的"骂世"之举。总之，就是人们的不懂、不爱或者误解导致这部深刻又有分量的作品遭到了不公平的对待。

　　今天，阅读《儒林外史》对于我们依旧有着难以替代的现实意义，它通过对读书人那个世界里纷繁真相的空前揭示，体现出作者对制度和人性的深邃洞察。这不仅是一种智慧，更是一种勇气。它启示我们的不单是如何思考，更是如何行动。

吴敬梓是何方神圣？

要想深入了解《儒林外史》这部作品，不了解它的作者吴敬梓自然是不行的。胡适曾经感叹："古来的中国小说大家，如《水浒传》《金瓶梅》《红楼梦》的作者，都不能有传记：这是中国文学史上一件最不幸的事。"正是基于这样的遗憾，作为吴敬梓的安徽老乡，胡适广泛阅读史集，为吴敬梓写出一篇近两万字的详传。

而以往有关吴敬梓的生平介绍都相当简略，如《重修安徽通志》中有关吴敬梓的记载："敬梓，字敏轩、诸生。所学最精《文选》，举鸿博不赴，亦不应乡试。著有《诗说》《文木山房集》。"通过如此简单的介绍，我们只能大概知道吴敬梓是位挺有个性、风骨的文人，至于他的个性到底如何，都经历过什么，便无从得知了。

在我们看来，古人讲究的是"万般皆下品，唯有读书高"，而读书的目的是谋取一官半职，进而实现修身、齐家、治国、平天下的更高追求。难道吴敬梓是个不思进取的人吗？如果真是这样，那他又何必劳神写本这么厚的小说出来呢？要知道，在那个纸墨金贵，书写和印刷技术远不如今天先进和便利的时代，写这么一本四十万字的书绝对称得上是一项浩大而艰巨的"工程"。

别说写了，存放这些手稿都是个问题：首先需要空间，其次要防止雨淋和虫蛀。吴敬梓也确实遭遇过这样的险情，他厚厚的一摞书稿曾因自己的"蜗居"漏雨毁于一旦，令他痛心不已。而这个小插曲从侧面展现了吴敬梓当时的生活困境。

最早为吴敬梓写传的程晋芳是他的忘年交，在《文木先生传》一文里，程晋芳就主要描述了他的拮据处境，文末这样写道："余生平交友，莫贫于敏轩。"也就是说，他的朋友里没有比吴敬梓更穷困的了。一次，吴敬梓远道造访程晋芳，程晋芳发现吴敬梓居然连笔砚都没有，便劝诫他：笔砚是文人用来吃饭的家什，最好不要离身。吴敬梓却笑着回应："吾胸中自具笔墨，不烦是也。"可见，尽管穷得捉襟见肘，吴敬梓却依旧不改豁达乐观的性情，这恰是他人格魅力的一种表现。

要知道，吴敬梓可不是生来就这么饥寒交迫的，否则他的这种豁达乐观简直不可思议。吴敬梓出生于安徽省全椒县的一个名门望族，那一年是康熙四十年，即公元1701年。刚来到这个世界，吴敬梓就被过继给了伯父吴霖起做嗣子，因为作为家族长子的吴霖起需要有个儿子来继承吴家族长的位置。

吴家祖上以读书为业，是全省乃至全国闻名的科举世家。吴敬梓的祖父吴旦有家族兄弟五个，其中有四个都考取了进士，其中一个还是一甲第三名，即探花。后辈更是青出于蓝胜于蓝，有个叫吴丙的考中了榜眼，即一甲第二名。

　　吴敬梓一出生便被寄予厚望。祖父和父亲为他取名敬梓，其典故出自《诗经》"维桑与梓，必恭敬止"一句，表达的是对父母、先祖的敬慕之情。不过，梓字还有一层了不起的意思："今呼牡丹谓之花王，梓为木王，盖木莫良于梓。"这句话出自诗人陆游的祖父，即宋代著名学者陆佃所著《埤雅》一书。显而易见，吴敬梓的长辈可是把他当作最优秀的人才来培养的。另外，文人墨客谁不希望自己的文字能够出版成书？而付梓就是排版、付印之义。加上当时恰逢吴府当家老爷吴旦的诗文集《赐书楼集》刻印问世，于是，这个梓字又多了一层纪念的意义。

　　由于一出生就离开了生母，所以吴敬梓的吃奶问题都是通过奶娘解决的。这些奶娘虽出身贫寒，对吴敬梓却悉心照料，疼爱有加。这种关系成为吴敬梓认识底层人物的一个起点；随着他们之间感情的加深，他在日后的小说创造中自然流露出对待平民温情亲近的态度。

幼小的吴敬梓聪明伶俐，读书过目不忘，家人觉得这孩子有大展宏图之才，于是，加紧用经史子集熏陶他，企盼再续家族科举史上的辉煌。没想到，小吴敬梓感兴趣的却是《太平广记》《搜神记》《剪灯新话》之类的杂书、闲书，他经常躲着家人读这些书，并且读得忘乎所以。

十四岁那年，吴敬梓投奔父亲，来到江苏一个极为偏僻的小县城赣榆，父亲在这里担任教谕一职，这个职位相当于今天的教育局局长。第二年的某一天，吴敬梓和小伙伴来到当地的海宴楼游玩，见墙壁上有不少题诗。读完这些诗，吴敬梓顿时诗兴大发，提笔便在旁边空白处写下一首即兴创作的五言律诗《观海》：

浩荡天无极，潮声动地来。

鹏溟流陇域，蜃市作楼台。

齐鲁金泥没，乾坤玉阙开。

少年多意气，高阁坐衔杯。

没想到，吴敬梓的这一冒失举动竟然博得好一顿夸奖，连知县大人都赞叹他是可塑之才，吴敬梓的诗名一夜之间传遍整个赣榆。

吴敬梓接下来的人生也算顺畅：十七岁完婚，十八岁考取秀才，十九岁当了父亲。渐渐地，他的性情越来越狂放不羁。父亲没能等到吴敬梓在功名之路上更进一步便撒手人寰，这一年，吴敬梓二十三岁，从此，他不得不承担起家族的掌门重任。

虽说为官廉洁、敬业的父亲压根儿没给吴敬梓留下一金半银，况且家道已大不如前，但吴敬梓当家时，还是继承了祖业两万余金的财产。只可惜吴敬梓不善生计，又总是乐善好施，加上族人个个对这份产业虎视眈眈，很快这些家产被分得一干二净，使吴敬梓的生活随即陷入窘境。

不过，没落的日子倒是改变了吴敬梓对待举业一向轻慢的态度，他开始用心备考，试图重振家业，不辜负父母和先祖的殷切期待。但是，因为朝廷制度改革，吴敬梓直到二十九岁才再次等来了应试的机会。预试结束，他轻松获得了第一名，主考官在他的考卷上留下"文章大好人大怪"的评语。这样的评语显然不是绝对的好评，只是承认了吴敬梓做文章的才华而已。

或许就是这个评语影响了吴敬梓随后参加乡试的成绩，尽管他格外认真地对待这次考试，且在考完之后自我感觉比预试还要好，没想到却名落孙山。而那些才华远不及他的平庸之士，倒个个如愿以偿。这让吴敬梓对科举的公正性彻底丧失了信心，开始整日借酒消愁，使得身体的旧疾越发严重。

看够了亲友的势利嘴脸，饱尝了他们的薄情寡义，吴敬梓决定移居南京这座人文荟萃的城市。他认为这里才是他的理想家园，正如他在诗中吟诵的："生平爱秦淮，吟魂应恋兹。"吴敬梓在这里租下一处河景房，从此过起闲云野鹤般的生活。尽管房子不大，他仍辟出一间书房，将其命名为"文木山房"，时常在这里和文友们吟诗作赋，谈古论今。

实际上，闲云野鹤的生活只是表面的潇洒，此时的吴敬梓其实日日缺柴少米，寒冬之夜在屋里被冻得瑟瑟发抖。于是，他索性每天晚上邀请五六个好友，乘着月色走出城南门，围绕城墙徒步数十公里，亦歌亦呼，你唱我和；直到黎明之时，他们才走进水西门，大笑着散去，吴敬梓将此调侃为"暖足"。不管境遇如何困厄，他的达观性格始终未曾改变。

三十六岁这年，吴敬梓被举荐进京参加"博学鸿词"科的考试，他却以病为由三拒荐考。自此，吴敬梓下定决心非但不再走科举之路，而且要与八股文势不两立。之后，他继续潜心于自己喜爱的诗词创作，临近不惑之年时，在好友的捐助下，吴敬梓将所集诗词题为

《文木山房集》刻印刊行。

这部诗词集似乎成了吴敬梓对既往创作的一个总结和交代，接着，他便正式开始着手自己一直想做的事情——创作《儒林外史》。他要甘当稗官，为民写史，写出世间百态，人情冷暖。借用清人顾云在《盍山志》一书里的描述，就是"雕画物态，如大禹之铸九鼎，神奸无遁形"。完成这部巨作耗费了吴敬梓十年有余的时间，贫困、寂寞、病痛，过程中的辛苦绝非他人可以想象。

晚年的吴敬梓只剩下了一个使命——为《儒林外史》的付梓而奔波。遗憾的是，奔波到生命的尽头也终未能完成这一夙愿。足足在他去世半个世纪后，这部呕心沥血之作才正式与世人见面，这样的结局虽令人欣慰，也让人怀有无限唏嘘。

《儒林外史》的态度

与《水浒传》《三国演义》《西游记》《红楼梦》等作品相比，《儒林外史》表现出的价值倾向是相当明显的，真善美和假丑恶一目了然。尤为不一样的是，它对社会现实的批判以及对人格理想的崇尚，展现出其他作品难以企及的勇气和深刻。可以说，没有哪位作家能像吴敬梓这样明确又自觉地吐露自我的思想和情感，在坚持和反抗的行动中努力彰显着自由、独立的真理和意义。

在小说中，吴敬梓将矛头直指延续多年的举业与做官风尚。他清楚地认识到，正是由于人人对举业与做官趋之若鹜，禁锢了所有读书人的思想，致使他们不再可能有热爱知识、追求真理的崇高志向，只会认同"书中自有千钟粟，书中自有黄金屋，书中自有颜如玉，书中车马多如簇"的庸俗功利目的。如果读书就是为了举业，举业就是为了做官，做官就是为了当人上人，那就不会再有"治国平天下"的一腔热血。

正如胡适在分析《儒林外史》时所说："要想抵制这种恶毒的牢笼，只有一个法子：就是提倡一种新社会心理，叫人知道举业的丑态，知道官的丑态；叫人觉得'人'比'官'格外可贵，学问比八股文格外可贵，人格比富贵格外可贵。社会上养成了这种心理，就不怕皇帝'不给你官做'的毒手段了。""一部《儒林外史》的用意只是要想养成这种社会心理。"

通过作者所塑造的形形色色的人物，我们不难从人物的言行中洞察到吴敬梓的这一用意。更为难得的是，在刻画这些人物时，吴敬梓不单有对严贡生、胡屠户之流的鄙夷与唾弃，还有对杜少卿、虞博士这类品性高贵之人的赞美与欣赏。有破有立，这样的写作方式说明吴敬梓的内心有憎，也有爱，不含糊，也不偏激。

其实，在小说开篇的那首词里，吴敬梓便直接抒发了自己与众不同的写作态度："人生南北多歧路，将相神仙，也要凡人做。百代兴亡朝复暮，江风吹倒前朝树。功名富贵无凭据，费尽心情，总把流光误。浊酒三杯沉醉去，水流花谢知何处。"作者随即解释道："这一首词，也是个老生常谈。不过说人生富贵功名，是身外之物；但世人一见了功名，便舍着性命去求他，及至到手之后，味同嚼蜡。自古及今，那一个是看得破的！"没错，吴敬梓指出的这一现象即使到了今天，又有多少人能看破呢？

可见，《儒林外史》对于功名利禄真相的揭示，不仅是那个时代的一剂猛药，就它在人性的贪婪和执迷的疗效上说来，对我们这个时代仍有着醍醐灌顶的启示意义。值得注意的是，真相可不是一个"看破"即可的，否则看破的结果可能沦于消极和虚无，从而抹杀真相的价值。

透过全书结尾处的一首词的几句："无聊且酌霞觞，

唤几个新知醉一场。共百年易过，底须愁闷；千秋事大，也费商量。"我们又可以看到作者的姿态固然潇洒豁达，但更多流露出一种无可奈何的心声，所以有了最后一句："从今后，伴药炉经卷，自礼空王。"这是一种在超脱中寻求慰藉的态度。

可问题是，这种超脱不过是以遗忘和逃离为前提的。很明显，吴敬梓的创作思路进展到这里遭遇了无法逾越的阻碍。倘若究其原因，还是由于吴敬梓的反抗不可能是彻底的。书中第三十四回结语部分说到的"儒者爱身，遇高官而不受"一句表明，吴敬梓对做官的抵制恰是对儒家思想的坚守。不难发现，吴敬梓再三强调的礼，其核心内涵之一是谦让，因此，在吴敬梓这里，礼和权形成了一对矛盾的概念。基于此，他一方面要规避权的腐蚀作用，另一方面又要弘扬礼的升华功能。

应该看到，吴敬梓这样做既低估了权的腐蚀作用，又高估了礼的升华功能。更严重的是，他未能预料到，礼最终会异化为一种名节，进而让人变成教条的奴隶，距离自然的人性越来越远。郭孝子和王玉辉这两个形象就是这方面的典型。

显然，吴敬梓只是注意到了权的压迫，却忽略了礼也可能存在着同样的问题。礼本属于道德范畴，只可用来律己；要想律人，只能诉诸法。

此外，吴敬梓忽视了人的多样性，包括欲望的正当性，所以理解不了人类社会在进化过程当中滋生出的种种不良行为。他把这一切皆归咎于人心，依旧渴望生活在一个人性单纯、质朴的远古社会里，结果时代留给他的只能是人心不古的印象。

这样一来，吴敬梓耳闻目睹的就只能是一片衰败荒凉。所以，当年上演泰伯礼大祭盛况的泰伯祠注定逃不脱这样的下场："……望见泰伯祠的大殿，屋山头倒了半边。来到门前，五六个小孩子在那里踢球，两扇大门倒了一扇，睡在地下。两人走进去，三四个乡间的老妇人在那丹墀里挑荠菜，大殿上槅子都没了。又到后边，五间楼直桶桶的，楼板都没有一片。"至于那些曾经辉煌一时的礼仪人物，都纷纷老去散尽："话说万历二十三年，那南京的名士都已渐渐销磨尽了。此时虞博士那一辈人，也有老了的，也有死了的，也有四散去了的，也有闭门不问世事的。花坛酒社，都没有那些才俊之人；礼乐文章，也不见那些贤人讲究。论出处，不过得手的就是才能，失意的就是愚拙；论豪侠，不过有馀的就会奢华，不足的就见萧索。凭你有李、杜的文章，颜、曾的品行，却是也没有一个人来问你。"

如此凄楚、寂寥的结局，透露的是吴敬梓对现实深深的沮丧和失望。他的批判并不能扭转什么，他的坚持好像也留不住什么，洁身自好终究不是改善社会风气的一个良方。归根结底，吴敬梓的反抗和坚持最后带给他的是一种难以消受的无力感和挫败感，与他追求的自由境界是背道而驰的。

既然实现不了真正的自由，吴敬梓从此便不再操心什么泰伯礼，也不再牵挂上层的名流，转而将目光投向低处，关注起市井中间的四个奇人。这四个默默无闻的奇人虽说摆脱了名的负累，但琴棋书画的正统技能依旧保证不了他们实现真正的人生自由，落落寡合的他们唯有倚仗任性的魏晋风度来聊以自慰了。就像荆元这个裁缝为自己所做的辩白："而今每日寻得六七分银子，吃饱了饭，要弹琴，要写字，诸事都由得我；又不贪图人的富贵，又不伺候人的颜色，天不收，地不管，倒不快活？"

不过，在荆元自称快活的语调里，我们是找不到充满正义与爱的崇高的反抗行动的。

《儒林外史》里的人物

王冕：读书人的榜样

　　《儒林外史》中第一个出场的人物是王冕。吴敬梓这样的安排是独具匠心的，王冕其实并不是他虚构出来的人物，而是大家都知道的一位历史名人。史书记载，王冕是元代的画家、诗人和篆刻家；他出生在浙江诸暨，一生为人耿介，傲视权贵，只爱闲云野鹤般的田园隐逸生活。朱元璋曾至少两顾茅庐，想请王冕去当他的高参，但都被王冕婉言谢绝，甚至为此躲进深山老林。

　　因为吴敬梓的小说，人人都知道王冕荷花画得好："……那荷花精神颜色无一不像，只多着一张纸，就像是湖里长的；又像才从湖里摘下来贴在纸上的。"其实，王冕最擅长画的是梅花。在他隐居的会稽九里山，王冕种有千枝梅花，筑茅屋三间，题为"梅花屋"，自号梅花屋主。另外，他还写过多首歌咏梅花的诗，比如：

我家洗砚池边树，

朵朵花开淡墨痕。

不要人夸好颜色，

只留清气满乾坤。

——《墨梅》

冰雪林中著此身，

不同桃李混芳尘。

忽然一夜清香发，

散作乾坤万里春。

——《白梅》

仅从这两首诗里我们便不难看出，王冕之所以偏爱梅花，欣赏的是它不求争奇斗艳，只愿香留人间的谦逊、高洁品格。这不禁让我们联想起与王冕一样喜欢梅花的前辈——诗人陆游：

> 驿外断桥边，寂寞开无主。已是黄昏独自愁，更著风和雨。
>
> 无意苦争春，一任群芳妒。零落成泥碾作尘，只有香如故。
>
> ——《卜算子·咏梅》

两位诗人对于梅花的赞美，都是自我孤高情感的抒发；在无人喝彩的天地里，矢志不渝地坚持着自我冰清玉洁的人格，不媚俗，不谄上。如果说陆游的诗句里多少流露出了一些自怜、自恋的情绪，王冕对梅花的吟咏却全无此情，而别有积极、乐观的清新之气。

可见，吴敬梓把王冕作为自己小说里的第一位主人公，正是因为王冕的人格魅力以及志向追求完全符合他本人的人生理想。小说第一回题为"说楔子敷陈大

义　借名流隐括全文"，其中的"名流"指的就是王冕，"隐括"有标准、规范或概括之义，全题的意思就是拿王冕来说事，以他为典范，表明这部作品的主旨。

只是，吴敬梓在借王冕这个历史人物表达自己的观念时，自觉动用了点小说家的演绎笔法，没有完全拘泥于史实。不过，无论如何演绎，他的虚构都不会背离历史的真实。如他写王冕善画荷花而非梅花，在本质上的追求是一致的。周敦颐《爱莲说》里有这么一句："予独爱莲之出淤泥而不染，濯清涟而不妖。"这里对荷花品格的总结，相比于梅花是十分相似的。也许，吴敬梓之所以让王冕画荷花，就是更看重它"出淤泥而不染"的个性，以此来影射自身所处环境的污浊。

梅花也好，荷花也罢，它们共同的高洁品性都能映衬出王冕"嶔崎磊落"的人格。而不管说花还是说人，但凡用到清高、孤高或者高洁这样的词汇，表明的不单是某种品质，也指一种能力，一种才华，就像我们总是把平庸和无能联系到一起一样。

王冕不但具有欹崎磊落的品质，也具有出众的才华。小说中写道："这王冕天性聪明，年纪不满二十岁，就把那天文、地理、经史上的大学问，无一不贯通。"仅有这样的才华还是不够的，到了吴敬梓这里，才高、品高的人还算不上完美，还需要"有个性"，这才是他所欣赏的理想之人，王冕就是其中一位。因此，他接着写道："但他性情不同：既不求官爵，又不交纳朋友，终日闭户读书。又在《楚辞图》上看见画的屈原衣冠，他便自造一顶极高的帽子，一件极阔的衣服。遇着花明柳媚的时节，把一乘牛车载了母亲，他便戴了高帽，穿了阔衣，执着鞭子，口里唱着歌曲，在乡村镇上，以及湖边，到处顽耍，惹的乡下孩子们三五成群跟着他笑，他也不放在意下。"

仅凭这一段描写，足可见出王冕是个生活在自我世界里的人，可以毫不理会他人的眼光，我行我素。在别人看来，王冕就是一个彻头彻尾的怪人；而在母亲和隔壁邻居秦老的眼里，王冕是一个孝顺、勤快、知书达礼的好孩子。只能说，他人的弱小体会不了王冕的强大，他人的庸俗理解不了王冕的清高，他人的热闹明白不了王冕的孤独。

他人通过王冕的特立独行，认识到的只是他生性的孤傲，甚至以为那是不识抬举的固执与自负。即使是向来喜爱他的秦老，看到他对前来拜访的知县表现得特别冷漠，难免要抱怨他说："你方才也太执意了。他是一县之主，你怎的这样怠慢他？"在秦老看来，王冕的行为明显有些过分了，不仅伤了人家的好意，也失了自己的礼貌。

但王冕不急不躁的解释，却证明了自己的怠慢其实并非无礼之举："老爹请坐，我告诉你。时知县倚着危素的势要，在这里酷虐小民，无所不为。这样的人，我为什么要相与他？"礼所表示的是蕴含着爱意的尊敬，对这样一个仗势欺人、鱼肉百姓的县官，王冕有什么理由礼待他呢？王冕不合作的态度表现出的恰恰是常人难以具备的胆识。

胆识决定了王冕不可能是一个有勇无谋的人，所以他不会拿鸡蛋碰石头，只图一时的痛快。在主张自己正义立场的同时，他知道保护个人的人身安全，因而又对秦老说："但他这一番回去，必定向危素说；危素老羞变怒，恐要和我计较起来。我如今辞别老爹，收拾行李，到别处去躲避几时。"随后他将母亲托付给秦老，自己匆匆逃往他乡。王冕的逃跑行为不是怯懦，而是明智。

不管是在故乡还是异地，王冕目睹的都是官员的作威作福和平民的忍辱负重。前者促使他写下这样的诗句："唤鹰羌郎声似雷，骑马小儿眼如电。总是无知痴呆相，也逞虚威拈弓箭。"（《有感》）后者触动他发出了这样的哀叹："江南妇，何辛苦！田家淡泊时将暮，敝衣零落面如土。"（《江南妇》）

可以说，就是这种惨痛的社会现实的对照，这种令他爱恨交加的情感，让王冕对官场的恶感与日俱增。他没有能力改变庞大的封建体制，但至少可以选择远离它。而这远离不是逃离，是有为，不是无为。他很清楚，自己一旦进入这个体制，就根本没有洁身自好的可能，只有同流合污的命运。知己知彼，不高估自己，不低估现实，这便是王冕在认识的平衡中体现出的过人智慧。

更何况，王冕的母亲对于做官也有着清醒的认知，在弥留之际，她这样交代儿子："我眼见得不济事了。但这几年来，人都在我耳根前说你的学问有了，该劝你出去做官。做官怕不是荣宗耀祖的事，我看见这些做官的都不得有甚好收场。况你的性情高傲，倘若弄出祸来，反为不美。我儿可听我的遗言，将来娶妻生子，守着我的坟墓，不要出去做官。我死了，口眼也闭！"

千百年来，读书都是为了做官，做官就是为了光宗耀祖。王冕的母亲支持他读书，却不支持他去做官，也不认为做官是什么"荣宗耀祖的事"。在当时，一个妇人能有这样的见识，实属罕见，所以身为孝子的王冕也有这样的想法就不足为奇了。他们的选择，实际上是在为读书人指出另一条可行的道路，而吴敬梓想要认同的恰恰是这样的道路。

数年之后，元灭明立，王冕在报纸上看到官方发布了这样一个消息："三年一科，用《五经》《四书》八股文。"于是，他对秦老说道："这个法却定的不好！将来读书人既有此一条荣身之路，把那文行出处都看得轻了。"王冕的这番话可谓一语成谶，此后的读书人无不纷纷拥上独木桥，在一条死胡同里走到黑。

随后，王冕又指着天象对秦老说："你看贯索犯文昌，一代文人有厄！"这固然是古人的迷信说法，以为象征牢狱之灾的贯索九星冲撞了主管文运的文昌六星，必将给文人们招来大难。但吴敬梓借王冕之口道出的这句预言，接下来被他通过一个个文人的命运沉浮呈现出来，让我们真真切切地见证了"一代文人有厄"的现实。

想来，吴敬梓是希望自己和他那个时代的文人也能像王冕一样超脱，进而规避有厄的结局。可是，他们真的会如此幸运吗？

周进：可怜人的可敬之处

周进出现在小说的第二回，是吴敬梓着力刻画的第一个虚构人物。

作者想要通过周进这个人物来正式开始自己针对科举制度的批判。

因为薛家集的孩子都大了，需要请一位先生教育他们，于是，颇有权威的夏总甲就推荐了周进。此时的周进已经六十多岁，一出场便是这副落魄模样："头戴一顶旧毡帽，身穿元色绸旧直裰，那右边袖子同后边坐处都破了，脚下一双旧大红绸鞋，黑瘦面皮，花白胡子。"衣着描写上的这三个"旧"字，毫不留情地突显了周进的寒酸，也说明了那个时代的教书先生连基本的体面都无法维持。

按理说，中国古代有悠久的尊师传统，可周进作为一名教师，怎么会生活得如此凄凉呢？这就不得不从科举制度讲起了。科举制度是古代政府选拔人才的一种方式，脱胎于隋代，唐代开始成型，按照科目考试进行取士，进入官僚阶层。这是一种等级制的体系，到了明清时期，基本分为四个等级：童生、秀才、举人、进士。

周进虽然考过童试第一名，但终究是个童生。只有考生到了秀才这一步，才有资格进入府学、州学、县学，成为生员，准备参加更高级别的考试。相比于童生，秀才已然有了一定的社会地位，被尊称为"相公"，可以戴方巾。梅玖就是这样一个秀才，所以出场时"戴着新方巾"，和周进的那顶"旧毡帽"形成了鲜明的对比。

尽管梅玖属于周进的学生辈，但在周进面前，表现得相当傲慢，"慢慢地立起来和他相见"；谈话间，梅玖还故意用老友和小友的说法贬低周进。对此，吴敬梓随即暗讽道："原来明朝士大夫称儒学生员叫作'朋友'，称童生是'小友'。比如童生进了学，不怕十几岁，也称为'老友'；若是不进学，就到八十岁，也还称'小友'。就如女儿嫁人的：嫁时称为'新娘'，后来称呼'奶奶''太太'，就不叫'新娘'了；若是嫁与人家做妾，就到头发白了，还要唤做'新娘'。"

吴敬梓拿"新娘"为例的这段回击，与其说是讥嘲梅玖的虚荣摆架子，不如说是直接讽刺科举等级本身的势利和冷酷。在被一个秀才冷嘲热讽了一番之后，周进又领教了王举人的自吹自擂、目中无人。临了，晚饭时，不同人的餐食又有了鲜明的对比：王举人这边，"鸡、鱼、鸭、肉，堆满春台"；周进那边，只有"一碟老菜叶，一壶热水"。

酒足饭饱的王举人睡了一觉之后扬长而去，"撒了一地的鸡骨头、鸭翅膀、鱼刺、瓜子壳，周进昏头昏脑，扫了一早晨"。都是求学上进之人，本该彼此提携或鼓励，这里却只有一味地挖苦和欺压。周进的"受气包"待遇暴露了科举制度的弊端，他的唯唯诺诺其实正是长期饱受这种制度压迫的结果。

习惯了被压迫的周进已经不再是正常人，变得呆头呆脑，与现实格格不入，就像鲁迅笔下的孔乙己那样。勉强在薛家集教了一年书后，他被辞退，并被打发回家。姐夫金有馀看他度日艰难，自己正好要同一班人去省城做生意，便提议他也跟去，帮着记记账，好歹能混个温饱。

到了省城，闲来无事的周进去街上转悠，看见工匠们说要去修理贡院——他多年来朝思暮想而不得的地方，于是，周进也想跟着进去一饱眼福。结果，看门人用大鞭子将他打了出来。周进不甘心，又央求姐夫花钱把他送进贡院。一走进天字号，周进"见两块号板摆的整整齐齐，不觉眼睛里一阵酸酸的，长叹一声，一头撞在号板上，直僵僵不省人事"。

众人急忙用水将周进救醒过来，谁知，"周进看着号板，又是一头撞将去"。这回，他"只管伏着号板哭个不住；一号哭过，又哭二号、三号；满地打滚……"，"哭了一阵，又是一阵，直哭到口里吐出鲜血来"。周进这样撞号板的疯狂举动，说明的既是他内心的极度压抑，也有他对功名仕途的绝望，同时表达出作者对科举制度戕害人性的控诉。

出于同情，一行的几个人慷慨解囊，为周进捐了个监生，让他终于有了进场考试的资格。这次，周进不负众望，"巍然中了"。中了举人的周进似乎未见变化，倒是他周边的人，对待周进的态度忽然来了个一百八十度急转弯："不是亲的也来认亲，不相与的也来认相与。"这前后的惊人变化，再次暴露出科举制度催生出来的虚伪人情。

接着，周进"到京会试，又中了进士""钦点广东学道"。此时的周进总算可以扬眉吐气了，本可以尽情地俯视他人在自己费尽千辛万苦走过的独木桥上拼杀。

但是，周进并未表现得这样踌躇满志。相反，他提醒自己说："我在这里面吃苦久了，如今自己当权，须要把卷子都要细细看过，不可听着幕客，屈了真才。"

周进居然还能有这样的想法，令人肃然起敬。尽管周进自己蒙受过那么多屈辱，却仍能在翻身之后不埋怨、不报复，一心帮助他人避免自己的不幸。原来，貌似呆板无能的周进拥有的竟是一颗如此高贵的心灵。

因为怀有这样的体恤之心，所以当周进见到一位衣衫褴褛的老童生前来应试时，他只有同情，没有鄙夷。看看对方，"那衣服因是朽烂了，在号里又扯破了几块"；再看看自己，"绯袍金带，何等辉煌"，这霄壤之别的对照并没有让周进顿然迷失，反而在对方身上看到了当年的自己。

得知对方名叫范进，已年过半百，落榜二十余次，周进关心地问道："如何总不进学？"范进回答说："总因童生文字荒谬，所以各位大老爷不曾赏取。"周进安慰他道："这也未必尽然。你且出去，卷子待本道细细看。"

趁着尚无童生交卷，周进将范进的试卷"用心用意看了一遍，心里不喜道：'这样的文字，都说的是些甚么话！怪不得不进学！'"随即，把它丢到了一边。但是丢了不一会儿，周进决定再看一遍。他心里想的是："倘有一线之明，也可怜他苦志。"很明显，正是这片恻隐之心让周进的责任感油然而生。

他把范进的试卷从头到尾又认真看了一遍，这回觉得"有些意思"。他正打算继续细看，却被另一个交卷的童生打断。待处理完这段插曲，周进"又取过范进卷子来看，看罢，不觉叹息道：'这样文字，连我看一两遍也不能解，直到三遍之后，才晓得是天地间之至文！真乃一字一珠！可见世上糊涂试官，不知屈煞了多少英才！'"感叹完后，周进紧忙取笔批点，"卷面上加了三圈，即填了第一名"。

三阅范进的试卷，说明周进对待工作非同寻常地认真负责，尤其是不为第一印象的好坏所左右，更能见出他理性、谨慎和谦逊的态度。这种决定他人一生命运的工作，最需要的就是周进这样的敬畏精神。至于他对范进文章毫不吝啬的赞美，又展现出他坦诚、大度的襟怀。承认别人比自己优秀，特别是肯定一个地位比自己低下许多的人的才能，不是谁都能有勇气做到的。而他为范进鸣不平，对其他试官的指摘，更是一种正义感的流露。

周进的高贵品质不只体现在他对待范进的态度上，我们也能从他对待那个打断自己审阅范进试卷的童生的方式上看出些许。这个童生名叫魏好古，交完试卷没有马上离开，却要求周进再面试他的诗词歌赋。如此唐突的举动，对于周进来说，简直就是一种冒犯，以致他当即呵斥道："'当今天子重文章，足下何须讲汉唐！'像你做童生的人，只该用心做文章，那些杂览，学他做甚么!"接着,他又断言道:"看你这样务名而不务实,那正务自然荒废,都是些粗心浮气的说话,看不得了。"说完,就将魏好古赶了出去。虽然嘴上说是"看不得了",可转脸周进便拿起了魏好古的试卷,觉得"文字也还清通",于是说:"把他低低的进了学罢。"实际上,仅凭魏好古的这次冒犯,周进就有正当理由给他扣顶帽子,不予进学。然而,周进没有意气用事,更没有仗势欺人,仍然认真对待魏好古的考卷,并给了他一个难得的机会。

耐人寻味的是,承受过那么多年科举制度的折磨,周进身上可贵的品性却没有被磨灭,似乎我们只能将其归功于儒家圣贤思想对于周进的良好影响,让他成为孔子"以直报怨""不怨天,不尤人"理念的践行者。这应该也是吴敬梓希望看到的,科举制度虽然可恶,但儒家思想的光芒却不可被其玷污。周进的科举之路只是暂时的,儒家的礼教之路才是自始至终的。

范进：可怜人的可憎之处

范进算得上是《儒林外史》里最家喻户晓的人物，很多人没有读过《儒林外史》，但都知道"范进中举"的故事。只是人们在看这个荒诞又可笑的历史故事时，往往会忽略作者对于范进这个人物性格的传神刻画；特别是胡屠户前后不一致的言行制造出的讽刺喜剧效果，更容易让人疏于关注范进微妙的内心世界。

说到范进，我们很自然地会想起前文提到的"可怜又可敬"的周进，因为是周进发现了范进，并从此改变了他的命运。值得注意的是，这两个人物有着相似的、不幸的科举经历，但在成功之后的表现却大相径庭。换言之，在考取功名之前，周进和范进都很可怜，而在考取功名之后，一个表现得非常可敬，另一个则表现得无比可憎。

作者有意将这两个形象联系在一起，是想告诉我们：成功可能带给一个人巨大的考验。这是吴敬梓深刻洞察力的显现，他要让我们认识到科举制度的严重问题不单单是应试本身的问题，金榜题名之后还会有更严重的问题产生。范进这个人物形象就暴露了这样的问题。

此刻的范进已有五十四岁，三十多年里应考过二十余次，始终未能进学。首次出现在周进和我们面前的范进是这么一副模样："面黄肌瘦，花白胡须，头上戴一顶破毡帽……穿着麻布直裰，冻得乞乞缩缩……"这相貌，这穿着，没有一点读书人的体面。换句话说，读书并不是在丰富范进，反而是在剥夺和消耗着他的尊严。

周进问及范进的年龄，范进回答说："童生册上写的是三十岁，童生实年五十四岁。"从这句回答我们可以看出，范进既不老实又老实：童生册上，他可以瞒报年龄；学道面前，他也可以实事求是。

从一开始，范进便向我们展示出在他身上存在着矛盾。这种"矛盾"究竟是狡猾还是愚蠢？从他接下来的表现里，我们可以逐渐找到答案。

终于考上秀才进学回家的范进，心里自然是高兴的，母亲和妻子也跟着欢喜。但这并不足以让他扬眉吐气，到了趾高气扬的岳父胡屠户面前，他照旧是低三下四的，"唯唯连声"地恭听着胡屠户的训斥："我自倒运，把个女儿嫁与你这现世宝穷鬼，历年以来，不知累了我多少。如今不知因我积了甚么德，带挈你中了个相公，我所以带个酒来贺你。"

范进考中秀才，胡屠户根本不认为这是女婿个人努力的结果，而说成是作为岳父大人的他积德带给女婿的好运。所以，他有资格作为功臣继续对女婿指手画脚："你如今既中了相公，凡事要立起个体统来。比如我这行事里都是些正经有脸面的人，又是你的长亲，你怎敢在我们跟前装大？若是家门口这些做田的，扒粪的，不过是平头百姓，你若同他拱手作揖，平起平坐，这就是坏了学校规矩，连我脸上都无光了。你是个烂忠厚没用的人，所以这些话我不得不教导你，免得惹人笑话。"

对于岳父的批评建议，范进只能虚心接受："岳父见教的是。"至于胡屠户说他"是个烂忠厚没用的人"，倒是一针见血，犀利地指出范进就是个无能的老好人。这一点仅从他在胡屠户面前的表现就能略知一二。所谓"人穷志短"，范进的这种"窝囊废"性格与他的贫穷有着必然的关联。

接下来，范进要去参加乡试，没有路费，只好去找岳父商议，结果招来的又是一顿狗血喷头的谩骂："不要失了你的时了！你自己只觉得中了一个相公，就'癞虾蟆想吃起天鹅肉'来！我听见人说，就是中相公时，也不是你的文章，还是宗师看见你老，不过意，舍与你的。如今痴心就想中起老爷来！这些中老爷的都是天上的'文曲星'！你不看见城里张府上那些老爷，都有万贯家私，一个个方面大耳。像你这尖嘴猴腮，也该撒抛尿自己照照！不三不四，就想天鹅屁吃！趁早收了这心，明年在我们行事里替你寻一个馆，每年寻几两银子，养活你那老不死的老娘和你老婆是正经！你问我借盘缠，我一天杀一个猪还赚不得钱把银子，都把与你去丢在水里，叫我一家老小嗑西北风！"

被痛骂的范进既不敢言，也不敢怒，却敢于继续坚持自己的想法，毅然瞒着岳父去城里参加乡试。显然，对范进来说，功名的诱惑远远胜过了岳父的威严。比起岳父的训诫，他更怕失去科举考试可能给他带来的渺茫希望。发榜那天，饥肠辘辘的范进正抱着一只母鸡在集上卖，为的是买几升米回去煮粥吃。得知他中了举人的邻居飞奔而来，向他报喜。范进却当是戏弄，"只装不听见，低着头，往前走"。显而易见，范进早已习惯了落榜，应考变成了他的一种习惯，考中压根儿就是他不敢妄想的事情。这种消极麻木的反应暴露出的是范进浑浑噩噩的科举人生，印证着他已经堕落成只会考试的行尸走肉。

为了让他相信自己果真中了，邻居要夺他手里的鸡，以便转移他的注意力。迟钝的范进依然不信，还无可奈何地说道："高邻，你晓得我今日没有米，要卖这鸡去救命，为甚么拿这话来混我？我又不同你顽，你自回去罢，莫误了我卖鸡。"

此时，与其说范进是不相信别人，不如说他是不相信自己。邻居实在无奈，便强行将范进拖回了家。看见屋里升挂起来的高中报帖，范进这才不得不信了。但突如其来的喜讯令范进当即昏死过去，被救醒之后，他变得疯疯癫癫的。人家最多是喜极而泣，范进却是喜极而疯。这样的后果控诉了科举制度的吃人嘴脸，也是在挖苦当时读书人的执迷不悟。

最后，吴敬梓借胡屠户之手，用狠狠的一巴掌让范进清醒了过来。这样夸张的写法不仅烘托出一种荒唐的闹剧气氛，也从侧面凸显出范进在人格上的卑贱品性。通过这几段文字，吴敬梓强调了范进之于胡屠户的"怕"，但不是为了强调他的懦弱，而是要刻意突出他的奴性。范进的奴性在中举后得到了充分释放。最先来跟他套近乎的乡绅张静斋本是个不学无术的奸猾之人，范进却毫不在意他的人品如何，心甘情愿地被他收买。范进的母亲离世后需要一笔丧葬费用，张静斋便趁势撺掇他仗着自己的身份，通过拉关系去高要县获取不义之财。照理，正像张静斋所说的那样，范进本该"三载居庐"，在家守孝。然而，张静斋又补充说："但世先生为安葬大事，也要到外边设法使用，似乎不必拘拘。"对此，范进丝毫没有异议，仅是明知故问了一句："只不知大礼上可行得？"张静斋答道："礼有经，亦有权，想没有甚么行不得处。"这意思就是说，礼固然有礼的规定，但也可以有变通的理由，大可不必循规蹈矩。

张静斋的解释可以说正中范进下怀，于是，范进不顾礼制法规的约束，和张静斋一道去往高要县。他们到了高要知县那里就餐，因使用的餐具是银镶杯箸，范进便不肯动用，此刻，他又想起了要遵奉礼制这回事。知县只好给他换上"一个磁杯，一双象箸"，范进仍不肯动筷，直到"换了一双白颜色竹子的来，方才罢了"。

知县见范进"居丧如此尽礼"，正为自己没有准备素食而不安，忽然又"看见他在燕窝碗里拣了一个大虾元子送在嘴里，方才放心"。这个情景再次让人看到了范进就是一个没有大是大非观念的糊涂虫。

席间，信口雌黄的张静斋将元朝进士刘基说成是明朝洪武三年考中的第五名进士，这本就够荒谬的了，而无知的范进却偏偏也要主动插上一句："想是第三名？"很明显，此时此刻的范进已然不再缩手缩脚，唯唯诺诺了。他学会了装腔作势，逢场作戏，终于可以正式开始同流合污的逐利生涯了。曾经屡试不中的可怜人已经变得十分狡猾，而这狡猾中又有可憎的愚蠢，和读书人本来的样子相去甚远了。

严监生：真的是个"吝啬鬼"吗?

除了范进，严监生算是《儒林外史》里第二号家喻户晓的人物，他也是被人们当作笑料看待的，只要一提起他，人们想到的就是"吝啬"。可以说，严监生是中国文学史上最著名的"吝啬鬼"形象。

西方文学里也有经典的四大"吝啬鬼"形象：莎士比亚《威尼斯商人》中的夏洛克、莫里哀《悭吝人》中的阿巴贡、巴尔扎克《欧也妮·葛朗台》中的葛朗台、果戈理《死魂灵》中的泼留希金。这四个"吝啬鬼"形象尽管国籍不同，却有一个共同点，那就是对聚敛钱财和剥削他人无比狂热，甚至狂热到要以牺牲自己和他人的生命为代价。

这些"吝啬鬼"把物欲看得高于一切，并且毫无节制地放纵着自己的贪婪，无视公正，冷漠无情，只知索取，从不给予。他们的吝啬不只是一种性格或者习惯，更是一种可以用来伤人的暴力，因此只能招致人们的嘲笑和批判。

然而，如果将严监生同这四个西方"吝啬鬼"放在一起进行一番比较的话，我们就不难发现，严监生和他们其实有着显在的不同。仅就道德品质这一点而言，严监生根本没有他们那样的卑劣。相反，严监生不仅比他们更有人情味，还十分自律、勤勉。

如此说来，将严监生等同为跟他们一样的"吝啬鬼"是有失公平的。实际上，只要我们认真阅读一下文本，就会发现"吝啬鬼"这个称呼和严监生是格格不入的。

在分析严监生这个形象之前，需要先提一下严贡生，严监生的出场与严贡生直接相关。严贡生是严监生的哥哥，名叫严大位，字致中；严监生名叫严大育，字致和。严贡生对外介绍自己"只是一个为人率真，在乡里之间，从不晓得占人寸丝半粟的便宜，所以历来的父母官，都蒙相爱"。其实，他是一个横行霸道、巧取豪夺的劣绅。关于这一点，有两个诉讼案件可以说明。

第一件是严贡生把自家的小猪以"猪到人家，再寻回来，最不利市"为由，强卖给了近邻王小二。等王家将小猪养到一百多斤，他又借机霸占了过去，并把前来据理讨要猪的王小二的哥哥王大"打了一个臭死，腿都打折了"。第二件是他利用一纸空头借约，敲诈老人黄梦统大半年的利钱，敲诈不成，便把人家的驴和米连同稍袋都一并拦路抢了去。

作为被告的严贡生自知理亏，担心"倘若审断起来，体面上须不好看"，干脆一溜烟逃到省城躲了起来。衙门的官差找不到严贡生，只好来找他的弟弟严监生。这严监生"家有十多万银子""是个胆小有钱的人"，他可不敢慢待官差，招待完官差酒饭，又"拿两千钱打发去了"；随后，严监生又紧忙请来妻子的两个哥哥王德和王仁商议对策。王德、王仁合伙想出一个花钱消灾的法子，经过他们一番从中斡旋，让严监生破费十几两银子处理好哥哥的官司。了结哥哥的官司之后，严监生马上"整治一席酒"感谢二位舅爷。至此，我们还真看不出严监生有多吝啬，说他"富有胆小"倒是十分恰当。

通过严监生和二位舅爷三人在酒席上的闲叙，我们真切感受到的反而是哥哥严贡生的吝啬。首先，王仁对严贡生的评价是："老大而今越发离奇了。我们至亲，一年中也要请他几次，却从不曾见他家一杯酒。"其次，王德对严贡生的抱怨是："他为出了一个贡，拉人出贺礼，把总甲、地方都派分子，县里狗腿差是不消说，弄了有一二百吊钱，还欠下厨子钱，屠户肉案子上的钱，至今也不肯还，过两个月在家吵一回，成甚么模样！"经他俩这么一说，严贡生一毛不拔的嘴脸即刻昭然若揭。

听了两位舅爷对哥哥的非议，严监生并未跟着数落哥哥的小气，仅是说了一句："便是我也不好说。"随即，他开始讲自己和哥哥在过日子方面的区别："不瞒二位老舅，像我家还有几亩薄田，日逐夫妻四口在家里度日，猪肉也舍不得买一斤，每常小儿子要吃时，在熟切店内买四个钱的哄他就是了。家兄寸土也无，人口又多，过不得三天，一买就是五斤，还要白煮的稀烂；上顿吃完了，下顿又在门口赊鱼。当初分家，也是一样田地，白白都吃穷了。而今端了家里花梨椅子，悄悄开了后门，换肉心包子吃。你说这事如何是好！"

严监生这番话讲得很明白，兄弟二人的财富起点都是一样的，可哥哥不会过日子，为了满足口腹之欲，生生将自己的家产吃了个精光；而他自己的相对富足一直是靠省吃俭用来维持的。

虽说严监生连吃都舍不得，但"每常小儿子要吃时，在熟切店内买四个钱的哄他"，也就是说，严监生并未因为要省吃俭用就忘了作为父亲的慈爱。特别是在给妻子王氏看病的问题上，严监生更是煞费苦心，"每日四五个医生用药，都是人参、附子"；即使名医贵药"并不见效"，他也在所不惜。为了能让妾赵氏在妻子死后扶正，严监生在两个舅爷面前表现得也颇为大方，他尊重妻子的遗愿，主动要把她"自己积的一点东西，留与二位老舅做个遗念"，用于修葺岳父、岳母的坟茔。

说完，严监生便"拿出两封银子来，每位一百两"。为了避免两位舅爷误会，严监生还特意解释道："却是不可多心。将来要备祭桌，破费钱财，都是我这里备齐，请老舅来行礼。明日还拿轿子接两位舅奶奶来，令妹还有些首饰，留为遗念。"谁知，王德、王仁的贪心并不能就此满足，又忽悠妹夫"再出几两银子，明日只做我两人出的，备十几席，将三党亲都请到了"。对此，严监生仍旧毫不迟疑，爽快地拿出五十两银子递与他们。

两位舅爷这边趁机占尽便宜，两位舅奶奶那边则是趁乱"将些衣服、金珠、首饰，一掳精空；连赵氏方戴的赤金冠子，滚在地下，也拾起来藏在怀里"。前前后后，"修斋、理七、开丧、出殡，用了四五千两银子"，也从未见严监生皱一下眉头。对于王德、王仁，严监生和赵氏唯有心存感激，不断以送物、送钱作为回报。

在王氏死后我们更能够看出，严监生的确是个重情的男人，绝不像老葛朗台那样为了金钱可以抹杀一切情感。他十分疼爱结发之妻，从不过问她如何处置自己那笔数额不算小的私房钱。除夕之夜，家中受到严监生惊吓的猫意外撞翻床头的一个大篾篓子，让他忽然发现这原来是亡妻藏放私房钱的地方，里面还剩有五百两银子。

严监生触景生情，"伏着灵床子，又哭了一场"。此后的他"在家哽哽咽咽，不时哭泣，精神颠倒，恍惚不宁"，没多久便悲伤成疾，心口疼痛。但是，严监生依

61

然硬撑着每晚算账，继续事无巨细地操持家里的事务。直到他"后来就渐渐饮食不进，骨瘦如柴"，却仍旧"舍不得银子吃人参"。眼看着已经病入膏肓、卧床不起的严监生还在"想着田上要收早稻，打发了管庄的仆人乡下去；又不放心，心里只是急躁"。

读到这里，谁还能忍心再骂严监生是个"吝啬鬼"？他只对自己吝啬，对他人却是相当慷慨的。他的吝啬最终伤害的只有他自己，这样的吝啬不过是节俭罢了。再说，没有他的节俭，万贯家财又何以为继？当然，除了节俭，还得有他的勤恳操劳。总之，严监生的财富着实来之不易。

人们之所以会把严监生这个人物理解成一个"吝啬鬼"形象，主要还是因为书中对他在弥留之际的这段描写：

……病重得一连三天不能说话。晚间挤了一屋的人，桌上点着一盏灯。严监生喉咙里痰响得一进一出，一声不倒一声的，总不得断气，还把手从被单里拿出来，伸着两个指头。大侄子走上前来问道："二叔，你莫不是还有两个亲人不曾见面?"他就把头摇了两三摇。二侄子走上前来问道："二叔，莫不是还有两笔银子在那里，不曾吩咐明白?"他把两眼睁得溜圆，把头又狠狠摇了几摇，越发指得紧了。奶妈抱着哥子插口道："老爷想是因两位舅爷不在跟前，故此记念。"他听了这话，把眼闭着摇头，那手只是指着不动。赵氏慌忙揩揩眼泪，走近上前道："爷，别人都说的不相干，只有我晓得你的意思!"

看来，还是赵氏同丈夫心有灵犀，明白他是"为那灯盏里点的是两茎灯草，不放心，恐费了油"。于是，赵氏急忙转身将灯草"挑掉一茎"，再看严监生，"点一点头，把手垂下，登时就没了气"。

严监生人生的最后一幕，上演的是他至死不渝的节俭本性。与其说他吝啬，不如说这是因为他饱尝过生活的辛苦。即使如此，临终前的严监生不也还是记着，要将"簇新的两套缎子衣服，齐臻臻的二百两银子"送给哥哥严贡生"做个遗念"吗？

卧闲草堂本的评点中这样写道："然而大老官骗了一世的人，说了一生的谎，颇可消遣，未见其有一日之艰难困苦；二老官空拥十数万家赀，时时忧贫，日日怕事，并不见其受用一天。"这话说得的确没错，值得仔细玩味。那么，我们究竟是该羡慕严贡生还是该同情严监生呢？这恰是吴敬梓留给我们的追问，更多的思考不是简单地赋予人物"吝啬鬼"的名号就可以草草结束的。

马二先生："迂腐"先生的古道热肠

《儒林外史》的精彩之处倒不在于它的故事，而在于它的人物，鲁迅便曾对此赞不绝口，称"凡官师，儒者，名士，山人，间亦有市井细民，皆现纸上，声态并作，使彼世相，如在目前"。其中，作为"儒者"的马二先生就是一个能让人过目不忘的典型形象。

在《吴敬梓的小说〈儒林外史〉》这篇演讲稿中，中国现代诗人、文学评论家何其芳尤其高度评价了马二先生这个人物，他说："《儒林外史》中的人物，马二先生是活在我们生活中间的。对于编造本的人，对于姓冯的人，对于迂腐的人，我们都有时叫他作马二先生。这说明他是一个突出的成功的人物。然而，除此而外，好像别的人物就不大在我们生活中流行了。"在此，何其芳仅用了"迂腐"二字来概括马二先生的性格特征，这就是他留给人们的普遍印象。然而，吴敬梓可不希望我们止步于这种印象，因为它的背后还隐藏着马二先生最真实的品质。

小说里，马二先生的出现是由于与蘧公孙这个喜欢沽名钓誉的公子哥的偶遇："公孙看那马二先生时，身长八尺，形容甚伟，头戴方巾，身穿蓝直裰，脚下粉底皂靴，面皮深黑，不多几根胡子。"初次见面，马二先生这样向蘧公孙介绍自己："小弟补廪二十四年，蒙历任宗师的青目，共考过六七个案首，只是科场不利，不胜惭愧！"

显然，马二先生同样是个痴迷科举的人，只是由于一直不能成功晋级，只好利用自己的实战经验，给考生们当起了教练，评选历科墨卷供其学习参考。不得不说，马二先生没有因为自己的屡次失败而厌弃甚至否定科举，反倒热心于帮助别人取得科举的成功，这样的心地并不是坏的。

听他对蘧公孙"文章总以理法为主，任他风气变，理法总是不变"的这番侃侃而谈，我们不难看出，他的确是个懂得做文章的行家。在回答蘧公孙关于批文章的问题时，他说："时常一个批语要做半夜，不肯苟且下笔，要那读文章的读了这一篇，就悟想出十几篇的道理，才为有益。"可见，马二先生也是个对待自己的举业辅导工作格外兢兢业业的人。

不过，如此认真负责的工作态度，如果说是马二先生对考生们的重视，不如说是他对举业本身的重视。这不，一听蘧公孙说自己"不曾致力于举业"，马二先生立即对他开始了谆谆教诲："你这就差了。举业二字，是从古及今人人必要做的。就如孔子生在春秋时候，那时用'言扬行举'做官，故孔子只讲得个'言寡尤，行寡悔，禄在其中'，这便是孔子的举业。讲到战国时，以游说做官，所以孟子历说齐梁，这便是孟子的举业。到汉朝，用'贤良方正'开科，所以公孙弘、董仲舒举贤良方正，这便是汉人的举业。到唐朝，用诗赋取士，他们若讲孔孟的话，就没有官做了，所以唐人都会做几句诗，这便是唐人的举业。到宋朝又好了，都用的是些理学的人做官，所以程、朱就讲理学，这便是宋人的举业。到本朝，用文章取士，这是极好的法则。就是夫子在而今，也要念文章、做举业，断不讲'言寡尤，行寡悔'的话。何也？就日日讲究'言寡尤，行寡悔'，那个给你官做？孔子的道也就不行了。"

马二先生用漫长的历史进程，牵强附会地说明了举业是亘古不变的真理，只是这个真理对他而言另有目的，那便是当官。在他眼里，举业才是正业，当官才是正道。的确，马二先生是个很"正"的人，蘧公孙想在他编选的新书封面上添加自己的名字，不料，马二先生对这种弄虚作假的行为丝毫不予通融，并且通情达理地解释了一番，说得蘧公孙无言以对。

在许多人看来，在书的封面上加个署名没有什么大不了的，君子成人之美，何况还是朋友之间。马二先生的认真似乎显得有些小家子气了，对朋友表现得也不够仗义。但事实并非如此，紧接着我们就看到蘧公孙因枕箱一事惹祸上身，官差找到马二先生，想借此敲诈蘧公孙一笔；按照常理，这么大的事情，马二先生应该尽快设法通知到蘧公孙，再帮他想办法。然而，马二先生没有这么做，他一个人直接将事情全部包揽下来，结果为此耗光自己来之不易的积蓄。

马二先生之所以这么做的理由很简单，正像他对官差说的那样："你同他是个淡交，我同他是深交，眼睁睁看他有事，不能替他掩下来，这就不成个朋友了。"更为难得的是，马二先生为蘧公孙倾囊而出时，根本就没想到自己是在暂时替他垫付，所以，他后来对蘧公孙说："就是我这一项银子，也是为朋友上一时激于意气，难道就要你还？"仗义疏财，这是马二先生呈现在我们面前的又一种古道热肠的可贵品质。

　　在读到马二先生独游西湖这一段的叙述时，我们还可以体会到他是个颇有雅兴的人，懂得"那西湖山光水色，颇可以添文思"；除去山水，马二先生也爱人间烟火，喜欢看那花花绿绿的女子；美食对于他有着同样的诱惑力："望着湖沿上接连着几个酒店，挂着透肥的羊肉，柜台上盘子里盛着滚热的蹄子、海参、糟鸭、鲜鱼，锅里煮着馄饨，蒸笼上蒸着极大的馒头。"可是，囊中羞涩的他只能"喉咙里咽唾沫"。

　　想一想，马二先生为蘧公孙耗费的那些银子可以让他在这里饱餐多少顿呢？但马二先生绝对不会这么想，即便此时的他只能买一碗根本无法填饱肚子的面条。为了充饥，他又"吃了一碗茶，买了两个钱处片嚼嚼，倒觉得有些滋味"。这"滋味"二字，写出的是马二先生对生活的热爱，也写出了他在人世间的无奈。

　　当他远观的那些衣装时髦的女子迎面走来时，"马二先生低着头走了过去，不曾仰视"。这样的反应让我们见证的不是马二先生的虚伪，倒是他出于拘礼或羞怯的可爱。等无意中走进供放仁宗皇帝御书的楼房时，马二先生的反应则是"吓了一跳，慌忙整一整头巾，理一理宝蓝直裰，在靴桶内拿出一把扇子来当了笏板，恭恭敬敬，朝着楼上扬尘舞蹈，拜了五拜"。这样的举动即使能引我们发笑，唤起读者更多的是对他可怜、可悲的共情。

马二先生轻易表现出来的呆板和迂腐是千百年根深蒂固的封建权威对一个人精神空间漫长形塑的结果。因此，我们并不能随意嘲笑马二先生的呆板和迂腐，否则便会忽略这背后发人深省的沉重历史。

站在高处，极目远眺，风光无限，马二先生激动得心潮澎湃，情不自禁地咏叹出一句："真乃'载华岳而不重，振河海而不泄，万物载焉！'"此情此景让他脱口而出的竟然不是"湖上春来似画图，乱峰围绕水平铺"（白居易《春题湖上》）之类的诗句，却是儒家经典《中庸》里的文字。这正是吴敬梓的含蓄传神之笔，一语即道出马二先生"重文章，不重诗赋"的正统本色。

当然，这样的本色显衬出的还是马二先生的迂腐，只不过此处的迂腐是无趣。不过，马二先生的迂腐里还装着满满的善良。比如，对那个将他骗得团团转、自称活了三百多岁的憨仙，他始终实心实意，以礼相待；甚至守着他死去，又自掏腰包为他料理后事。

至此，我们可以说，马二先生天真得像个孩子，他的善良与他的天真息息相关。可是，当憨仙的家人把真相告诉了他时，马二先生在恍然大悟中非但没有丝毫的愤怒，反倒认为"他亏负了我甚么？我到底该感激他"。于是，他继续亲力亲为，一直忙乎到将那个老骗子入土为安。

显而易见，马二先生此刻的表现只是在履行"以德报怨"的信条罢了。他是科举制度、传统礼制虔诚的严格实践者。

在随后遇到的少年匡超人那里，马二先生的善良可以说改变和成全了他的命运。此时，穷困潦倒、衣衫褴褛的匡超人被困在异乡，以拆字算命糊口。马二先生当仁不让地对这个陌生人表示起了关心，有意要帮助他走上举业正途。

马二先生亲自给匡超人出题，要他做文章，并耐心修改。他一方面肯定匡超人的才气，另一方面指出了他文章理法上的不足，“拿笔点着，从头至尾，讲了许多虚实反正，吞吐含蓄之法与他”。辅导完匡超人写文章，马二先生又主动提出要资助他完成回乡孝敬父母的心愿。匡超人说一两银子即够，马二先生却说：“不然，你这一到家，也要些须有个本钱奉养父母，才得有功夫读书。我这里竟拿十两银子与你，你回去做些生意，请医生看你尊翁的病。”此外，他“又寻了一件旧棉袄，一双鞋，都递与他”，以防匡超人在路上挨冻。

被感动得涕泗横流的匡超人当场请求与恩人结为盟兄，马二先生毫不在乎年龄和身份上的差距，立马应允。临别时刻，马二先生又语重心长地叮嘱匡超人：
"贤弟，你听我说。你如今回去，奉事父母，总以文章
举业为主。人生世上，除了这事，就没有第二件可以出
头。不要说算命、拆字是下等，就是教馆、作幕，都不
是个了局。只是有本事进了学，中了举人、进士，即刻
就荣宗耀祖。这就是《孝经》上所说的'显亲扬名'，
才是大孝，自身也不得受苦。古语道得好：'书中自有
黄金屋，书中自有千钟粟，书中自有颜如玉。'而今甚
么是书？就是我们的文章选本了。贤弟，你回去奉养父
母，总以做举业为主。就是生意不好，奉养不周，也不
必介意，总以做文章为主。那害病的父亲，睡在床上，
没有东西吃，果然听见你念文章的声气，他心花开了，
分明难过也好过，分明那里疼也不疼了。这便是曾子的
'养志'。假如时运不好，终身不得中举，一个廪生是挣
的来的，到后来，做任教官，也替父母请一道封诰。我
是百无一能，年纪又大了；贤弟，你少年英敏，可细听

愚兄之言，图个日后宦途相见。”

说完这一番推心置腹的话，马二先生“又到自己书架上细细检了几部文章，塞在他棉袄里卷着，说着：‘这都是好的，你拿去读下。’”从言语到行动，马二先生对一个萍水相逢的落难者的关怀和期待简直很难让我们再对他的迂腐表示不敬。

后来，有人偶然提起马二先生，迟衡山怀疑“他着实在举业上是讲究的，不想这些年还是个秀才出身，可见这举业二字原是个无凭的”；高翰林则讥讽说“那马纯上的举业，只算得些门面话，其实，此种的奥妙，他全然不知。他就做三百年的秀才，考二百个案首，进了大场总是没用的”。

想一想，他人这些对于马二先生的指指点点确实无可辩驳；可再想一想，马二先生的善良与天真，他的慷慨与古道热肠，懂他的人一提起他，恐怕只想放声大哭一场。

匡超人：质朴少年是如何堕落的?

通过马二先生和少年匡超人的接触，我们见到的匡超人是一个爱学习、有孝心的少年。在马二先生的帮助下，匡超人得以顺利返乡，并用被赠予的十两银子养猪、磨豆腐，有声有色地做起了买卖。这让我们见识了匡超人聪明能干的一面。

不过，最引人注目的是匡超人的孝悌表现，比如在帮助父亲出恭时的细致和耐心。为了让父亲出恭出得自在，且避免母亲的洗刷之劳和挨熏之苦，匡超人"自己钻在中间，双膝跪下，把太公两条腿捧着肩上，让太公睡得安安稳稳，自在出过恭"。从头至尾，匡超人满心欢喜地做得游刃有余。

患病的父亲就是匡超人此时生活的中心，除了照料他吃喝拉撒睡，还要陪他聊天，逗他开心。马二先生的叮嘱，他显然也是牢记于心的，所以每晚照顾父亲睡下后，便坐在父亲床边念文章。小说中这样写道："太公睡不着，夜里要吐痰、吃茶，一直到四更鼓，他就读到四更鼓。太公叫一声，就在跟前。太公夜里要出恭，从前没人服侍，就要忍到天亮，今番有儿子在傍伺候，夜里要出就出。晚饭也放心多吃几口。"

父亲的舒坦全靠着儿子的辛苦，辛苦的儿子却显得比父亲还要舒坦，哪怕"每夜四鼓才睡，只睡一个更头，便要起来杀猪，磨豆腐"，也因自己的孝心而感到无比温馨。

夜间，村里忽然失火，匡超人的哥哥只顾自己逃命，抢救自己的吃饭家什，而匡超人首先想到的是父亲，并且不忘要给父亲抢出一床被子。可到头来，哥哥不但不感到害臊，"反怪兄弟不帮他抢东西"。奇怪的是，我们却从未见匡超人对这个不孝的哥哥有过任何不满，相反，始终是毕恭毕敬的。这种任劳任怨也是匡超人的另一种孝道——对长兄的尽悌之义。父亲临终时对他的交代，无非也是这个意思："你哥是个混账人，你要到底敬重他，和奉事我的一样才是！"

鉴于此，匡超人对哥哥的态度与是非无关，甚至与情感无关，只是与孝悌礼义的外在约束有关而已。潘保正夸他是"我们村上有名的忠厚之人"，这个评价就是源自匡超人的孝道表现。

火灾招致的居无定所并没有让匡超人觉得不安，他只为受到惊吓、病情加重的父亲深感忧虑。但是，每夜的读书照样雷打不动。没想到，匡超人的坚持竟引起恰巧路过的知县的关注。知县传唤来潘保正，了解了匡超人的情况后，当即表示"现今考试在即，叫他报名来应考；如果文章会做，我提拔他"。

果然，知县不是虚言。在他的照顾下，匡超人成功考取案首（第一名）。匡超人登门表示感谢，知县知道他家境贫困，送了他二两银子，并说道："这是我分俸些须，你拿去奉养父母。到家并发忿加意用功，府考、院考的时候你再来见我，我还资助你的盘费。"

匡超人的确很幸运，在外遇到贵人马二先生，在家又遇见贵人知县。正是在知县的关照下，匡超人的应试文章"理法虽略有未清"，最终还是进了学，从而让自己的命运发生了翻天覆地的转折。

巨大的身份改变令匡超人的心态即刻有了波澜，学里的老师要他去行进见之礼，他的反应却是不想买账，傲慢地质问道："我只认得我的老师！他这教官，我去见他做甚么？有甚么进见之礼！"

从表面来看，匡超人的不满并非没有道理，但听听潘保正对他的一番劝解便可明白，匡超人的道理还是有失礼之处的："二相公，你不可这样说了。我们县里老爷虽是老师，是你拜的老师，——这是私情。这学里老师是朝廷制下的，专管秀才，你就中了状元，这老师也要认的。怎么不去见？你是个寒士，进见礼也不好争，每位封两钱银子去就是了。"

就匡超人的一贯表现而言，他绝不可能是不遵守礼制之人，他的反常态度恰恰是内心想法的真实流露。之所以此刻能够流露，是因为有了以往所没有的底气罢了。那么，可以推想，在匡超人"忠厚"的背后，又压抑着多少伪装的成分呢？

后来，因为厚爱他的知县被革了职，匡超人难免也要被牵连进去，于是，他只好仓皇逃往杭州。在潘保正的引荐下，匡超人去投奔他的堂弟潘三。路上，匡超人与同船的景兰江邂逅。景兰江本是个开头巾店的，心思却不在生意上，整日沉迷于同朋友一起吟诗作赋。

见到景兰江这伙人，匡超人算是开了另一番眼界。听着他们关于名和利的讨论，匡超人"才知道天下还有这一种道理"，马二先生的文章和举业并不是唯一的。既然一时见不到潘三，匡超人索性从此和这些名士混在了一起。

想要跟诗友们在一起，必须学会作诗，匡超人"便在书店里拿了一本《诗法入门》，点起灯来看。他是绝顶的聪明，看了一夜，早已会了。次日又看了一日一夜，拿起笔来做，做了出来，觉得比壁上贴的还好些。当日又看，要已精而益求其精"。本就聪明，再加上好学，又肯于钻研，似乎没有什么事情能难得住匡超人的。但在见了潘三之后，匡超人渐渐又有了变化。潘三不赞同他跟景兰江那帮人往来，称"这一班人是有名的呆子"。的确，跟着潘三混了几日，匡超人很快便尝到了甜头："潘三一切事都带着他分几两银子，身上渐渐光鲜"。从此，匡超人"果然听了潘三的话，和那边的名士来往稀少"。

明知道潘三干的尽是些违法乱纪的勾当，但是因为有好处，胆小的匡超人也心甘情愿地与他同流合污。加上潘三积极为匡超人张罗终身大事，这样的恩情无形之中将他和潘三捆绑在了一起。直到潘三东窗事发，十几条罪状令匡超人"不觉飕的一声，魂从顶门出去了"。他很清楚："这些事，也有两件是我在里面的；倘若审了，根究起来，如何了得！"

好在匡超人自己已经凭借优行贡入了太学，当初提携他的知县李本瑛如今平反后重返官场，正约他到京相见，匡超人恰好可以借此脱身。

如果说匡超人此刻一直想着回乡去挂匾、竖旗杆只是一种单纯的虚荣，那么，他向李本瑛隐瞒婚事重娶李本瑛养大的外甥女，就绝对是无情无义的势利了。特别是还要拿"蔡状元招赘牛相府"的故事为自己开脱，他赤裸裸的无耻嘴脸便暴露无遗了。

匡超人的原配郑氏病故就是被他的无情无义所害。得知实情后，匡超人表演性地落下了几滴眼泪，其实真正关心的只是自己的家人从此要"显得与众不同"，甚至想的是"凡事立起体统来，不可自己倒了架子"。再见从前的诗友，匡超人的口气也明显有了变化，连过去常常出入的茶室也不肯屈就了。一说起话来，他开始进行前所未有的自我吹嘘，声称自己"每日教的多是勋戚人家子弟"，炫耀"我们在里面也和衙门一般：公座、朱墨、笔、砚，摆的停当"，卖弄"前日太老师有病，满朝问安的官都不见，单只请我进去，坐在床沿上，谈了一会出来……"匡超人眉飞色舞、像煞有介事地招摇着，俨然已是一个名利场上的老手了。

吹嘘完自己的权力，匡超人又开始吹嘘自己的名气。作为一个文章选家，他大言不惭地说"我的文名也够了"，所以选的文章有多么畅销、多么难求；还编造说山东、山西等五个省份的读书人，家家供着"先儒匡子之神位"。当牛布衣纠正他先儒指的是"已经去世之儒者"时，匡超人硬是辩称："不然！所谓'先儒'者，乃先生之谓也！"在势利上的无耻之外，匡超人又添了无知与无耻。

说到选家，不能不提到匡超人的一号贵人马二先生，可现今的匡超人早已不把马二先生放在眼里，甚至批评马二先生"理法有馀，才气不足；所以他的选本也不甚行"，唯有他匡超人的选本，那是连"外国都有的"！

可见匡超人早已把马二先生的恩情忘得一干二净了，他又怎会牵挂狱中潘三的生死呢？听说潘三希望能同他"叙叙苦情"，匡超人的答复冠冕堂皇："本该竟到监里去看他一看，只是小弟而今比不得做诸生的时候，既替朝廷办事，就要照依着朝廷的赏罚；若到这样地方去看人，便是赏罚不明了。"接着，他又表现出来大义凛然的高度："潘三哥所做的这些事，便是我做地方官，我也是要访拿他的。"此时，父亲奄奄一息时给予他的最后嘱咐，轻而易举地被他抛到了九霄云外："……但功名到底是身外之物，德行是要紧的；我看你在孝弟上用心，极是难得，却又不可因后来的日子略过得顺利些，就添出一肚子里的势利见识来，改变了小时的心事。我死之后，你一满了服，就急急的要寻一头亲事，总要穷人家的儿女，万不可贪图富贵，攀高结贵……"

父亲的教诲和匡超人的忤逆，揭示了孝行的某种功利本质。匡超人可以凭借自己的孝行轻松获得资助，甚至加官晋爵，可要让他真真切切地去实践父亲的教诲，怎么可能有飞黄腾达的这一天呢？质朴少年一步步走向堕落的真正原因就显而易见了。

鲍文卿：卑贱身份的高贵人生

鲍文卿是一个比较特殊的人物，特殊在他的职业。他是一个戏子，在古代，戏子属于三教九流中的下九流，并且位于下九流的最末端，和娼妓同属一个阶层。这个职业注定了鲍文卿的身份和社会地位都很卑贱。吴敬梓之所以要花费笔墨着重描写这个人物，或者说，这个人物之所以能引起吴敬梓的重视，当然不是由于这个卑贱的职业，那么，究竟是鲍文卿身上的哪一点让吴敬梓对他关注有加呢？

其实，这个问题的答案在鲍文卿于小说第二十四回刚一露面的时候，便出现了端倪。当时，一个姓崔的按察司接到有关知县向鼎的"特参"，就是说，有人状告该知县在审理案件过程中，对牛布衣存在包庇行为。

就在按察司反复念叨着特参上罗列的种种罪状时，

突然，灯影里有个人在他面前双膝跪地。这人是他门下的一个戏子，名叫鲍文卿。原来，正在一旁的他听到向鼎知县要被参处，立马向按察司求情。

实际上，鲍文卿根本就不认识向鼎，只是自幼学戏，念的是他作的曲子，知道向鼎是个大才子、大名士，因而对他一直心怀仰慕。如今二十多年过去，向鼎才做到知县，鲍文卿很为他感到委屈；要是再连这个小官也要丢掉，向鼎岂不是更加可怜？况且，向鼎偏袒牛布衣这件事在鲍文卿看来，"也还是敬重斯文的意思"。他当然不知道，向鼎之所以这么做，是出于前任董瑛曾恳请他对牛布衣"青目一二"的交代。

听完鲍文卿的陈情，按察司说："不想你这一个人倒有爱惜人才的念头。"这话里透露着惊讶，也透露着欣赏。一个低贱的戏子竟能有如此胸怀，身为按察司又怎能见义不为？不过，按察司觉得不妨做个顺水人情，于是，特意写了封书子要鲍文卿送到向鼎那里，希望鲍文卿的好心可以博得向鼎几百两银子的回报。

得知眼前的鲍文卿竟是自己的恩人，向鼎要向他施礼，但鲍文卿无论如何不肯接受。他说："虽是老爷要格外抬举小的，但这个关系朝廷体统，小的断然不敢。"向鼎拿五百两银子谢他，鲍文卿仍然坚辞不受："这是朝廷颁与老爷们的俸银，小的乃是贱人，怎敢用朝廷的银子？小的若领了这项银子去养家口，一定折死小的。大老爷天恩，留小的一条狗命。"最终，鲍文卿也没有接受向鼎的银子。

对此，按察司说鲍文卿是个"呆子"。比起匡超人，鲍文卿确乎"呆"得出奇。他的"呆"表现在不贪，实际上，他的不贪仅是基于对体统或本分的坚守。鲍文卿十分清楚自己所处的社会等级，这是他无法更改的命运。他的不僭越与其说是对等级的尊重，不如说是对自身命运的认同与和解。因此，尽管他的身份是卑贱的，他的内心却是高贵的。

　　什么是高贵？高贵是像鲍文卿这样对自我及其境遇的肯定和担当，懂得尊重，懂得爱。正因为拥有这样的高贵，即使是置身在一个等级森严的社会里，鲍文卿也从来不会有欺下媚上的行为。他的一言一行都在向我们证明，高贵不是上流社会的特权，它是可以超越一切等级限制的个人美德，永远和歧视、怨恨势不两立。

　　如此看来，当季守备听到已是知府的向鼎说鲍文卿是"一个老梨园脚色"时，他的"脸上不觉就有些怪物相"——这样的反应显然不是什么高贵的表现，虽然在身份上，他无疑要比鲍文卿高贵许多。向鼎接下来的一段话更能突出高贵与卑贱的分别："而今的人，可谓江河日下。这些中进士、做翰林的，和他说到传道穷经，他便说迂而无当；和他说到通今博古，他便说杂而不精；究竟事君交友的所在，全然看不得！不如我这鲍朋友，他虽生意是贱业，倒颇颇多君子之行。"向鼎这番话直接揭穿了这个社会的一个普遍现实：有人位卑却人高，有人位高倒人卑。这种不对称一直掩盖着高贵和卑贱的真相。

　　当然，位卑人卑的人也比比皆是，比如钱麻子。同样是戏子，他却比鲍文卿会"混"得多，成天得意扬扬地穿着翰林、科、道老爷的行头，俨然想极力忘却自己的出身。鲍文卿提醒他："像这衣服、靴子，不是我们行事的人可以穿得的。你穿这样衣裳，叫那读书的人穿甚么？"钱麻子的回答则是："而今事！那是二十年前的讲究了！南京这些乡绅人家，寿诞或是喜事，我们只拿一副蜡烛去，他就要留我们坐着一桌吃饭。凭他甚么大官，他也只坐在下面。若遇同席有几个学里酸子，我眼角里还不曾看见他哩！"

　　势利得忘乎所以的钱麻子与鲍文卿形成了鲜明的对照，再次衬托出鲍文卿循规蹈矩的呆气。然而，这呆气不过是善良和老实而已。鲍文卿的高贵除了表现为对上的敬畏，还体现在对下的同情和尊重。比如，他将为自已修补乐器的穷人倪老爹视为座上宾，礼待有加，绝不敷衍。了解到对方的苦难际遇，鲍文卿顿时就"忍不住的眼里流下泪来"。他的眼泪宣泄的是对一个弱者的爱。

爱使鲍文卿主动向倪老爹伸出援手："……你老人家若肯不弃贱行，把这小令郎过继与我，我照样送过二十两银子与老爹，我抚养他成人。平日逢时遇节，可以到老爹家里来，后来老爹事体好了，依旧把他送还老爹。这可以使得的么？"即便是相助或是施恩，鲍文卿也没有高高在上的生硬姿态和语气。他在此刻表现出的谦逊和体恤，恰恰说明了他的同情是平等的关心：痛苦着你的痛苦，悲伤着你的悲伤。这种爱绝非施舍，所以不可能掺杂一丝优越感。

将倪老爹的儿子正式收养之后，鲍文卿做到的不仅是视如己出，还说"他是正经人家儿子，比亲生的还疼些"，因此"不肯叫他学戏，送他读了两年书，帮着当家管班"。倪老爹去世，鲍文卿"又拿出几十两银子来替他料理后事，自己去一连哭了几场"，并"依旧叫儿子去披麻戴孝，送倪老爹入土"。

重情重义是鲍文卿高贵品质的又一种表现。向鼎与他一直以来保持的交往，同样是一种重情重义式的高贵。他们之间无视地位差异的友谊，不是由于恩情，而是由于共同的高贵人格产生的惺惺相惜；他们的往来不是为了相互利用，而是缘于高贵心灵的召唤与回应。

虽说鲍文卿与向鼎的友情是跨越地位等级的，但在实际的相处过程中，鲍文卿始终牢牢把握着分寸，守护着彼此间的界限。因此，当那两个书办知晓他与向知府有交情，便试图说服他在向知府面前给求个情，并以五百两银子诱惑他时，被鲍文卿一口回绝："不瞒二位老爹说，我是个老戏子，乃下贱之人。蒙太老爷抬举，叫到衙门里来，我是何等之人，敢在太老爷跟前说情？"

紧接着，鲍文卿又向两个书办重申了自己做人的原则："我若是欢喜银子，当年在安东县曾赏过我五百两银子，我不敢受。自己知道是个穷命，须是骨头里挣出来的钱才做得肉，我怎肯瞒着太老爷拿这项钱？况且他若有理，断不肯拿出几百两银来寻人情；若是准了这一边的情，就要叫那边受屈，岂不丧了阴德？依我的意思，不但我不敢管，连二位老爹也不必管他。自古道："公门里好修行"，你们伏侍太老爷，凡事不可坏了太老爷清名，也要各人保着自己的身家性命。"这又是一番充满了"呆气"的话，说得"两个书办毛骨悚然，一场没趣，扯了一个淡，罢了"。显然，像鲍文卿这样不合时宜、不识时务，认准一个理就是一辈子，永远不肯轻易变通的人，两个书办大概是从未见过的。

但鲍文卿绝非只知原则，不通人情。向知府下察院考童生，请信得过的鲍文卿父子替他巡场监考。考试期间，一个童生借口出恭，趁机挖墙作弊，被鲍文卿的儿子当场抓了个现行，"要采他过来见太爷"。结果，鲍文卿及时拦住儿子，并向那童生解释说："这是我小儿不知世事。相公，你一个正经读书人，快归号里去做文章。倘若太爷看见了，就不便了。"说完，就"忙拾起些土来把那洞补好，把那个童生送进号去"。

这一次，鲍文卿在原则上肯定是输了，但在人性上，他却赢了。在此，如果继续坚持原则，鲍文卿让我们看到的将会只有恨；而牺牲了原则，他便让我们从中看到了人性中的宽容和爱。

也许，有人会说鲍文卿的本分只是克己复礼，只是自觉地自轻、自贱，缺乏反抗不公正社会制度的认识和勇气。从表面上看，这样的说法似乎并没有错，但它隐含着这样一个认知前提：对于鲍文卿卑微的命运明显是没有同情之心的。同时，我们要知道，否定鲍文卿的高贵，可能暴露出的是我们自身的不高贵。

杜慎卿：高雅外表下的庸俗内核

笔下人物出场时，吴敬梓一般很少对他们进行相貌上的细致描摹，往往只是衣着上的交代，如头戴瓦楞帽，身穿宝蓝直裰，脚下粉底皂靴之类；然后，便是脸色、胡须等一笔带过。像写到严贡生时，能有"蜜蜂眼，高鼻梁"这样的简略刻画已经十分难得。

但在介绍杜慎卿的第一次正式出场时，吴敬梓对他的外表却罕见地动用了相对较多的笔墨：首先描写他"穿着是莺背色的夹纱直裰，手摇诗扇，脚踏丝履"；其次描写他"面如傅粉，眼若点漆，温恭尔雅，飘然有神仙之概"；最后品评说"这人是有子建之才，潘安之貌，江南数一数二的才子"。

不难发现，无论是就衣装而言，还是从容貌来说，杜慎卿的与众不同在小说里都是空前的，其实也是绝后的。吴敬梓之所以要这么隆重地烘托一番杜慎卿的外在光彩，就是想强调他是个格外希望表面超凡脱俗的人。

作为一个名士，因为有着这样完美的实力，所以决定了杜慎卿与其他名士是不可能一样的。像娄三、娄四公子或景兰江这些同类，都没法像他那般光彩照人。杜慎卿自身的光芒令他人觉得耀眼，更让他自己感到眩晕；眩晕之中，不知不觉会表现出几分得意和自傲。

在诸葛天申向人介绍杜慎卿同他"合考二十七州县诗赋"，夺得"首卷"佳绩时，杜慎卿的反应相当傲慢："这是一时应酬之作，何足挂齿。况且那日小弟小恙进场，以药物自随，草草塞责而已。"这般轻描淡写无非是想说明，虽是首卷，却无法全面展示自己的才华横溢。

实际上，杜慎卿在众人面前表现出的谦虚都是为了炫耀自己的才学。他的谦虚是假的，不过，才学倒是真的，矜持也不是假的。这一点，从他为萧金铉评点诗作一幕即可看出：那不留情面的批评"把萧金铉说的透身冰冷"。当季恬逸对杜慎卿说到"先生如此谈诗，若与我家苇萧相见，一定相合"时，杜慎卿只是一句冷淡的回应："苇萧是同宗么？我也曾见过他的，才情是有些的。"这里，杜慎卿显然不认为对方口中的苇萧可以和自己相提并论，可也并未加以贬低，只是用"才情是有些的"这样有所保留的句子来表明自己的矜持。

矜持的个性使得杜慎卿在交际中总给人一种距离感，但他出众的才华又具备一定的吸引力，从而避免了这种距离感可能造成的疏远。不能不承认，杜慎卿的魅力之一是他在见解上的与众不同，常能言人之所未言。在与诸葛天申一行登雨花台岗游玩，遇见纪念方孝孺的"夷十族处"石碑时，杜慎卿针对它的一段议论便可让人从中领略一二。

方孝孺是明朝建文帝重臣，据传，当时明成祖朱棣令其草拟即位诏书，方孝孺坚决不从。明成祖以死相威

97

胁，方孝孺仍不为所动，凛然说道："死即死，诏不可草。"明成祖则道："即死，独不顾九族乎？"方孝孺回应道："便十族奈我何？"结果，被激怒的明成祖下令杀尽方孝孺亲友及门生共计八百七十三人，制造了历史上前所未有的株连十族的血腥惨案。

然而，针对这一有根有据、流传甚广的历史传说，杜慎卿却有着自己全然不同的判断。他的高见是这样的："列位先生，这'夷十族'的话是没有的。汉法最重，'夷三族'，是父党、母党、妻党。这方正学所说的九族，乃是高、曾、祖、考、子、孙、曾、元，只是一族，母党、妻党还不曾及，那里诛的到门生上？况且永乐皇帝也不如此惨毒。本朝若不是永乐振作一番，信着建文软弱，久已弄成个齐梁世界了！"

杜慎卿在此对史实表示的怀疑，可以说合情合理，独具慧眼。他对方孝孺这位惊天动地的忠臣的评价更是具有颠覆性的："方先生迂而无当。天下多少大事，讲那皋门、雉门怎么？这人朝服斩于市，不为冤枉的。"多少人盛赞方孝孺死得可歌可泣，唯有杜慎卿认为他死得"不为冤枉"。此言可见杜慎卿的高傲中也包含了一种胆识，绝非人人可具。

只是，杜慎卿在见解上表现出的高傲确实值得我们欣赏，但在吃喝等日常上刻意显出的不俗就未免做作了。他的酒量极大，却忌口大荤，爱用果蔬以示自己的清雅，因而吃得总跟友人们格格不入。至于"勉强吃了一块板鸭，登时就呕吐出来"，更像是在蓄意表现自己的不同；即便扫了别人的兴致，也颇不介意。

席间，有人提议赋诗助兴，杜慎卿却说"这是而今诗社里的故套""觉得雅的这样俗，还是清谈为妙"。在他眼里，只要是惯常的，就都是庸俗的。

在群体里干着不合群的事，专扫别人的兴，杜慎卿的一举一动称得上是"俗得雅"。换句话说，要是没有别人的俗来做陪衬，恐怕杜慎卿就显示不出自己的雅来。所以，他终究还是离不开俗，就像他只有靠扎堆才能证明自己的不合群，而不是用远离尘嚣和逃避人群来成全他的孤独。事实表明，他爱的不是孤独的雅，而是不合群的俗。

郭铁笔对他家世的一番仰慕之谈，想必他是满心受用的，却偏要当着季苇萧的面，将它骂作"恶谈"，以此来显出自己拒绝奉承的不俗。试想，如果没有第三人在场，杜慎卿又哪有表现这种不俗的机会呢？

最后，杜慎卿再次别出心裁，要在俗气中玩出高雅。于是，他一掷千金，利用鲍廷玺操办起一个莫愁湖盛会，炮制出"梨园榜"这样的新鲜名堂来。原来，他杜慎卿也是个善于哗众取宠的高手啊，凭借此举，"传遍了水西门，闹动了淮清桥，这位杜十七老爷名震江南"。

闻名遐迩的杜慎卿如此清新飘逸，如此慷慨超脱，但等鲍廷玺向他"恳恩借出几百两银子"时，所有的表象瞬间便被戳破了。杜慎卿以自己"这一两年内要中，中了那里没有使唤处"为由，将鲍廷玺打发给了自己的堂弟杜少卿，要让他来充当冤大头。再看看杜慎卿针对这位堂弟的软肋给鲍廷玺所出的保险主意，可见他还是个精于算计的人才。

这边当着尽享其荣的民间名士，那边又不动声色地谋划着举业之路，悄然踏入官场，杜慎卿以高雅自居的人生真可谓庸俗得足够完美。

杜少卿：独树一帜的灵魂人物

　　鲁迅在《中国小说史略》一书里说过："《儒林外史》所传人物，大都实有其人，而以象形谐声或廋词隐语寓其姓名，若参以雍乾间诸家文集，往往十得八九。"吴敬梓承续的依旧是中国小说实录性史传传统，人物几乎都有原型，故事也不轻易杜撰。其中，杜少卿就是他依据自身经历和性情加工而成的。作者在这个形象身上寄寓了最多的个人理想和好恶倾向，使杜少卿成为《儒林外史》里的"灵魂人物"。

　　小说进度过半，杜少卿才因他的堂兄杜慎卿要甩包袱姗姗而来。这个被甩的"包袱"鲍廷玺从杜慎卿那里游走到杜少卿这里，一甩一接，生动地映衬出两个人全然相对的秉性和趣味。途中，鲍廷玺巧遇同要去杜少卿家的韦四太爷，韦四太爷针对杜氏兄弟有句评论，基本概括了两个人的性情和为人："两个都是大江南北有名的。慎卿虽是雅人，我还嫌他带着些姑娘气，少卿是个豪杰。"话虽不多，一贬一褒的倾向还是相当明显的。于是，雅人和豪杰就这样对立了起来。

作为雅人的杜慎卿我们已经领教，那么，作为豪杰的杜少卿又是如何同雅人处处不一样的呢？其实，先前通过杜慎卿向鲍廷玺的介绍，我们已经对杜少卿有了初步印象："我那伯父是个清官，家里还是祖宗丢下的些田地。伯父去世之后，他不上一万银子家私，他是个呆子，自己就像十几万的。纹银九七，他都认不得，又最好做大老官。听见人向他说些苦，他就大捧出来给人家用。"原来，杜慎卿之所以要拿杜少卿当冤大头，正是因为他本身就爱当冤大头。

没错，后来张俊民也这么说："少爷为人好极。只是手太松些，不管甚么人求着他，大捧的银与人用。"这不，家里的裁缝突然前来哭诉，说母亲暴病身亡，无钱发丧，求借几两银子，并保证会用自己的工钱抵还。杜少卿不但不要他还，还强调这是"父母身上大事""不可草草""几两银子如何使得？"怎么也得"共须二十金"。可是，他"这几日一个钱也没有"，因此，只好把刚给家人做好的一箱秋衣让裁缝拿去，去当铺当回二十多两银子来应急。

自己没钱花不要紧，但有求不应，杜少卿绝对做不来。为此，他宁愿变卖田地衣物，也不能让告贷者失望而归。替他低价卖田的管家王胡子都为他感到心疼，杜少卿自己却连眼睛都不眨一下。

重新有了钱，杜少卿照旧先想着别人。比如，杜少卿瞒着娄太爷，偷偷给被他打发回乡的孙子一百两银子，又拿五十两银子给黄大去修理屋子，理由是这屋子原本是杜少卿父亲买给黄大的，因此，他就认为"自然该是我修理"；接着，他又用三百两银子帮臧三爷免去纠纷，再给张俊民一百二十两银子用于修学；最后，还给"包袱"鲍廷玺本钱一百两银子。不大一会儿工夫，杜少卿便将卖地所得的银两消耗过半。

杜少卿的慷慨不只表现为仗义疏财，还体现在他待人的实诚上。许多人看到他对娄太爷的精心照料都十分感慨，王胡子甚至因而心生嫉妒："我家这位少爷也出奇！一个娄老爹，不过是太老爷的门客罢了，他既害了病，不过送他几两银子，打发他回去。为甚么养在家里当做祖宗看待，还要一早一晚自己伏侍。"

在王胡子看来，娄老爹是压根儿不配杜少卿这样的优待的，杜少卿事必躬亲的做法显然有些不合常理。可在杜少卿看来，娄老伯在自家服务三十多年，劳苦功高，值得敬重。他对韦四太爷这样说道："自先君赴任赣州，把舍下田地房产的账目，都交付与娄老伯，每银钱出入，俱是娄老伯做主，先君并不曾问。娄老伯除每年修金四十两，其馀并不沾一文。每收租时候，亲自到乡里佃户家，佃户备两样菜与老伯吃，老人家退去一样才吃一样。凡他令郎、令孙来看，只许住得两天，就打发回去，盘缠之外，不许多有一文钱，临行还要搜他身上，恐怕管家们私自送他银子。只是收来的租稻利息，遇着舍下困穷的亲戚朋友，娄老伯便极力相助。先君知道也不问。有人欠先君银钱的，娄老伯见他还不起，娄老伯把借券尽行烧去了。到而今，他老人家两个儿子，四个孙子，家里仍然赤贫如洗，小侄所以过意不去。"

"过意不去"意味着杜少卿是个有良知的人，而这良知也证实了一种理解和判断能力，并不是谁都能注意和认识到娄太爷这些高尚的品行。可见，杜少卿对娄太爷好，不仅是基于念旧，还有对其高尚人品的欣赏和器重。尽管在钱财方面，杜少卿向来马虎，但在做人的操守方面，杜少卿却一贯认真。

臧三爷说王知县仰慕杜少卿的大才，提出要他去会会王知县，结果被杜少卿一口回绝："他果然仰慕我，他为甚么不先来拜我，倒叫我拜他？况且倒运做秀才，见了本处知县，就要称他老师！王家这一宗灰堆里的进士，他拜我做老师我还不要，我会他怎的？"对朋友、对下人，杜少卿从来没有什么架子，但是对王知县这样的官僚，他时刻记着要挺直自己的脊梁。

可等王知县被罢了官，狼狈得无处安身，杜少卿又主动把他请到自家花园里来住。臧三爷不解地问道："你从前会也不肯会他，今日为甚么自己借房子与他住？况且他这事有拖累，将来百姓要闹他，不要把你花园都拆了！"杜少卿不以为然："先君有大功德在于乡里，人人知道。就是我家藏了强盗，也是没有人家来拆我家的房子。这个老哥放心。至于这王公，他既知道仰慕我，就是一点造化了。我前日若去拜他，便是奉承本县知县，而今他官已坏了，又没有房子住，我就该照应他。"

不卑不亢，是杜少卿的风骨；在对的时间做对的事情，是杜少卿的智慧。

临别之际，放心不下的娄太爷好好规劝了杜少卿一番，这段话可以看作对杜少卿相当中肯的评价：

你的品行、文章，是当今第一人，你生的个小儿子，尤其不同，将来好好教训他成个正经人物。但是你不会当家，不会相与朋友，这家业是断然保不住的了！像你做这样慷慨仗义的事，我心里喜欢；只是也要看来说话的是个甚么样人。像你这样做法，都是被人骗了去，没人报答你的；虽说施恩不望报，却也不可这般贤否不明。你相与这臧三爷、张俊民，都是没良心的人。近来又添一个鲍廷玺，他做戏的，有甚么好人，你也要照顾他？若管家王胡子，就更坏了！银钱也是小事，我死之后，你父子两人事事学你令先尊的德行，德行若好，就没有饭吃也不妨。你平生最相好的是你家慎卿相公；慎卿虽有才情，也不是甚么厚道人。你只学你令先尊，将来断不吃苦。你眼里又没有官长，又没有本家，这本地方也难住，南京是个大邦，你的才情到那里去，或者还遇着个知己，做出些事业来。这剩下的家私是靠不住的了！大相公，你听信我言，我死也瞑目！

娄太爷说得语重心长，杜少卿听得很认真，并且十分感动，结果却是"自从送了娄太爷回家之后，自此就没有人劝他，越发放着胆子用银子"。等把家产都耗得差不多了，杜少卿才算听从了娄太爷的话，去南京另寻出路。

路上，王胡子见主人这里已无油水可捞，索性"拐了二十两银子走了"。对此，杜少卿也只是"付之一笑"。别人负他，他不在乎，他在乎的是自己问心无愧。所以，即便手头已经相当紧张，有季苇萧、萧金铉这样的人继续拿他当冤大头，杜少卿照样满口答应。似乎，他从来没有学会过拒绝。

说杜少卿不会拒绝，也并不尽然。定居南京之后，杜少卿坚决抵制科举，佯装生病力辞朝廷的征辟，试图在官场之外践行一种自由的人生。用他自己的话说，就是："逍遥自在，做些自己的事罢！"杜少卿是《儒林外史》中出现的第一个自觉的反抗者形象，作者想要通过他来尝试另一种生活的可能。

他的反抗之举还体现在自己所作的《诗说》里。杜少卿敢于不再拘泥正统权威的朱注，另辟蹊径，直抒胸臆，自由表达出个人对于《诗经》某些篇章的独到见解，让古老的经典焕发出崭新的生机。比如，他认为《凯风》里的七子之母绝非是"想再嫁"之意；《女曰鸡鸣》说的并非不淫，而是夫妇二人不屑功名，悠然自得的高境界生活；《溱洧》讲的"也只是夫妇同游，并非淫乱"。他的反击并不单单在语言或文字上。酩酊大醉的他一手攥着金酒杯，一手牵着娘子，大笑着畅游清凉山——这"不成体统"的举止，是在用实际行动向封建礼教宣战。季苇萧就这一话题问道："少卿兄，你真是绝世风流。据我说，镇日同一个三十多岁的老嫂子看花饮酒，也觉得扫兴。据你的才名，又住在这样的好地方，何不娶一个标致如君，又有才情的，才子佳人，及时行乐？"

杜少卿则回答道："苇兄，岂不闻晏子云：'今虽老而丑，我固及见其姣且好也。'况且娶妾的事，小弟觉得最伤天理；天下不过是这些人，一个人占了几个妇人，天下必有几个无妻之客。小弟为朝廷立法：人生须四十无子，方许娶一妾；此妾如不生子，便遣别嫁。是这等样，天下无妻子的人或者也少几个。也是培补元气之一端。"

从他的这一番话里，我们看到的是杜少卿兼济天下的胸怀和他对于女性的爱与尊重。可以说，在许多价值观上，杜少卿同杜慎卿都是背道而驰的。杜少卿始终走在少有人走的道路上，他是智慧的，但不包括精明（他的慷慨常常沦为挥霍、浪费）；他是勇敢的，却不失柔肠，的确是儒林众生之中独树一帜的人物。

庄绍光：通融圆润的"世外高人"

　　和杜少卿一样，庄绍光也是吴敬梓分外欣赏的人物，这两个人物有颇多相投之处，比如，他们都不事科举，都不走仕途等。只是与杜少卿的豪侠之气明显不同，庄绍光的为人处世更加内敛、谨慎。在小说中，庄绍光是以一个世外高人般的形象出现的。

　　文中写道："这庄绍光十一二岁就会做一篇七千字的赋，天下皆闻；此时已将及四十岁，名满一时，他却闭户著书，不肯妄交一人。"虽然同杜少卿一样才高八斗，庄绍光却不像他那样善于社交；同样面临征辟，同样无心应征，庄绍光对待这些事的态度却与杜少卿截然有别：杜少卿干脆装病不理，庄绍光则是全力以赴。

　　娘子对他的表现十分困惑，便问庄绍光："你往常不肯出去，今日怎的闻命就行？"庄绍光答："我们与山林隐逸不同；既然奉旨召我，君臣之礼是傲不得的。你但放心，我就回来，断不为老莱子之妻所笑。"显然，庄绍光是个高人，却并不在世外，因为从他的话中我们就可以知道，他没有把自己当作山林隐逸之人。

所谓"小隐隐于野，中隐隐于市，大隐隐于朝"，庄绍光既不隐于野，也不隐于朝，便只能属于中隐了。庄绍光严格遵循的"君臣之礼"，相比于杜少卿，庄绍光无疑是懂得明哲保身的，这一点从他不建议卢信侯收藏高青邱文集的做法上就可以看出来。高青邱是明初文坛的风流人物，后来被明太祖朱元璋腰斩，故其著述一时成为禁书。卢信侯此时却敢冒天下之大不韪，要去京师用重金买下高青邱的文集。

对于卢信侯的义举，庄绍光不但不表示激赏，反倒认为他有些鲁莽："像先生如此读书好古，岂不是个极讲求学问的，但国家禁令所在，也不可不知避忌。青邱文字，虽其中并无毁谤朝廷的言语，既然太祖恶其为人，且现在又是禁书，先生就不看他的著作也罢。"从这样的劝诫中，我们看得出庄绍光是个相当听话的君子，并不是一位求真的勇士。

到了朝廷，天子面前的庄绍光自然更是毕恭毕敬，对于天子问及的"教养之事"丝毫不敢懈怠，表示"一时不能条奏；容臣细思，再为启奏"。然而，次日一早，庄绍光并未马上启奏，倒是先"焚香盥手""揲了一个蓍，筮得'天山遁'"，说了声"是了"，随后"便把教养的事，细细做了十策"。与此同时，他"又写了一道'恳求恩赐还山'的本，从通政司送了进去"。

这里有必要追问的是，倘若庄绍光真心要还山，为何还要用占卜的方式来确证呢？假如占卜的结果不是"天山遁"，也就是退避之意，他又该如何选择呢？总之，占卜的举动多少说明了庄绍光的"无心于仕途"是难以令人信服的。至于之后"九卿六部的官"拜望得让他"不耐烦"，展现了庄绍光的另一副面孔——清高或者说是高傲。大学士太保有意要收他为学生，他毫不引以为荣，一口谢绝道："世无孔子，不当在弟子之列。况太保公屡主礼闱，翰苑门生不知多少，何取晚生这一个野人？这就不敢领教了。"因为清高，庄绍光得罪了太保，所以当天子问太保："庄尚志所上的十策，朕细看，学问渊深。这人可用为辅弼么？"太保自然不会说他什么好话："庄尚志果系出群之才，蒙皇上旷典殊恩，朝野胥悦。但不由进士出身，骤跻卿贰，我朝祖宗，无此法度，且开天下以幸进之心。伏候圣裁。"

听太保这么一说，天子也只能觉得遗憾，于是传旨："庄尚志允令还山，赐内帑银五百两，将南京元武湖赐与庄尚志著书立说，鼓吹休明。"这里不妨试想一下，要是天子真将庄绍光重用为辅弼，他一定会拒绝吗？即便拒绝，该怎样拒绝呢？

进京之路本就不那么顺畅，回乡之路犹有波澜，投宿遭遇的诈尸令庄绍光在饱受惊吓之余，陡然有了悔意："'吉凶悔吝生乎动'，我若坐在家里，不出来走这一番，今日也不得受这一场虚惊！"虽然紧接着，他又作如是想："生死亦是常事，我到底义理不深，故此害怕。"但是这样的反省并不足以充分解释他的懊悔，实际上，他的懊悔跟没有得到天子的挽留和重用是有关联的。在庄绍光乘船回南京的途中，"有二十多乘齐整轿子歇在岸上"，都是在此恭候求见的两淮总商。人们对庄绍光交口称赞："皇上要重用台翁，台翁不肯做官，真乃好品行。"尽管应接不暇的拜会弄得他"甚不耐烦"，这样的场面、这样的认可想必是让庄绍光深感得意的。高官可以不要，这样的口碑却不能不要。虽说庄绍光不贪图位高权重，但对用它换来的民间荣耀还是非常在意的。就此说来，庄绍光仍旧未能免俗，最终依赖和看重的还是外界的认可。

针对萧柏泉"老先生抱负大才，要从正途出身，不屑这征辟"的说法，庄绍光立即予以纠正："征辟大典，怎么说不屑？"自始至终，庄绍光对于至高无上的皇权一刻也不敢怠慢。

到了家里，庄绍光出入朝廷的荣光仍在继续发酵，每天不断有人前来拜见，惹得他终于又不耐烦了，清高的脾气再次发作，对娘子道："我好没来由！朝廷既把元武湖赐了我，我为甚么住在这里和这些人缠，我们作速搬到湖上去受用！"

天子赐予庄绍光的元武湖"是极宽阔的地方，和西湖也差不多大"，湖中间一个洲上的大花园便是庄绍光的住地，"有几十间房子""园里合抱的老树，梅花、桃、李、芭蕉、桂、菊，四时不断的花。又有一园的竹子，有数万竿。园内轩窗四启，看着湖光山色，真如仙境"。乐居于此的庄绍光志得意满，"着实自在"。某日同娘子凭栏看水时，他不无骄傲地说道："你看这些湖光山色都是我们的了！我们日日可以游玩，不像杜少卿要把尊壶带了清凉山去看花。"不久，他又对卢信侯说道："此间与人世绝远，虽非武陵，亦差不多。你且在此住些时，只怕再来就要迷路了。"这里的"武陵"，指的就是陶渊明《桃花源记》中的世外桃源。看来，庄绍光是把自己的新居得意地比作世外桃源了。

然而，当中山王府几百官兵突然在深夜将庄绍光的花园重重包围，强行闯入捉拿卢信侯时，庄绍光世外桃源的幻梦一瞬间就破灭了。说到底，庄绍光终究只是一个强权利益的既得者，所以，最后他能做到的只有"把卢信侯放了，反把那出首的人问了罪"，通过权力运作使得事情发生了戏剧性的转折。

只是，庄绍光一直不太清楚这强权可以让他骤然得到荣华富贵，也可以顿时令其倾家荡产，他躺在强权高枕之上做出的美梦随时是要被惊醒、打破的。

比较而言，还是杜少卿的"真"来得踏实自在；庄绍光的"高"尽管通融圆润，却因为少了真丧失了几分自然。由此，他所讲求的礼难免要沦为某种利己主义的表演。

虞博士：儒家君子之道的践行者

虞博士在小说中的出场与祭泰伯祠大礼有关，因为需要一个主祭人，于是，迟衡山推荐了虞博士，推荐理由是："这所祭的是个大圣人，须得是个圣贤之徒来主祭，方为不愧。"尚未露面，虞博士"圣贤之徒"的名声便已先声夺人。

在小说的最后，虞博士又蒙皇恩旌扬"沉抑之人才"，被赐予第一甲第一名进士及第，授翰林修撰。卧闲草堂本评点称"虞博士是书中第一人，纯正无疵，如太羹元酒，虽有易牙，无从施其烹饪之巧"。可以肯定的是，虞博士是整部作品里作者最欣赏的人物；在这个形象身上，几乎集中了儒家君子一切应有的美德，换句话说，虞博士是人人可以学习的楷模。

作者在描写虞博士时，采取了和其他人物略有区别的方式。最突出的一点就是虞博士的故事是从他出生前，也就是他的祖父那一代开始写起的，而其他人物的身份背景几乎从未见有这样的交代，往往直接以一个成年社会人的面目进入故事情节发展之中。

虞博士出生时，其父母均已届中年，母亲在他三岁那年去世，父亲又在他刚满十四岁时病亡。这样的身世固然不幸，但好在虞博士勤奋好学，在父亲生前所托祁太公的帮衬下，终究熬到了成家立业的这一天。

虞博士婚后的日子本就清贫，突然有一天又没了馆可教，然而，虞博士却一点儿也不慌张，只见他还在宽慰不安的娘子"可见有个一定，不必管他"。与其说这是虞博士对自己生活能力的某种确信，不如说他具有安贫乐道的乐观姿态。

不过，事实确如虞博士所言，过了些时日，便有人请他为墓地看风水，这还是早年祁太公建议他学会的一件"寻饭吃本事"。好不容易挣得十二两银子，忽遇有人因无钱安葬父亲跳河寻死，紧忙将他救起的虞博士只好又拿出四两银子给对方。见义勇为，慈悲为怀，这已是浸融于虞博士血脉里的认知，他做起这些事非常自然，从不以此为恩惠，更不以此索要回报。

祁太公夸赞虞博士是个有阴德的人，他却不以为然："阴骘就像耳朵里响，只是自己晓得，别人不晓得；而今这事，老伯已是知道了，那里还是阴德？"即便随后他果真像祁太公说的那样"高中"了，也不认为这是"阴德"的好报，更没有因此欣喜若狂。宠辱不惊是虞博士君子之德的又一种表现。

适逢天子求贤，山东巡抚康大人有意举荐，弟子尤资深告知虞博士自己想求康大人举荐老师。事实上，虞博士同康大人之间有着相当的交情。然而，虞博士觉得此举不当。他说："这征辟之事，我也不敢当。况大人要荐人，但凭大人的主意；我们若去求他，这就不是品行了。"

资深进一步说道："老师就是不愿，等他荐到皇上面前去，老师或是见皇上，或是不见皇上，辞了官爵回来，更见得老师的高处。"的确，庄绍光的"高处"不就是这么来的吗？可虞博士还是觉得不妥当："你这话又说错了。我又求他荐我，荐我到皇上面前，我又辞了官不做：这便求他荐不是真心，辞官又不是真心。这叫做甚么？"经虞博士这么一说，再想想庄绍光的那番作为，原来，庄绍光的"高处"都是刻意经营的结果，老实的虞博士可做不来。

三年之后，虞博士总算考中进士，朝廷拟选他去做翰林。此时的虞博士已到知天命之年，填写履历时，许多人都谎报了年纪，"只有他写的是实在年庚，五十岁"。结果，天子嫌他年老，给了他一个闲官——南京的国子监博士。虞博士不但不失意，反倒欢喜得不行："南京好地方，有山有水，又和我家乡相近。我此番去，把妻儿老小接在一处，团圞（luán）着，强如做个穷翰林。"

到了南京，虞博士得以和杜少卿等人相交，杜少卿评价他"这人大是不同，不但无学博气，尤其无进士气。他襟怀冲淡，上而伯夷、柳下惠，下而陶靖节一流人物"。这样的评价并不夸张。虞博士有杜少卿一样的仗义疏财，却无庄绍光一样的矜持清高。

所以，虞博士能把自己的使女无偿许配给管家，将人托他作的碑文和酬劳转托给杜少卿。他关爱下人，提携后进，作为尊者，作为长辈，虞博士一直不失该有的高贵风度。更难能可贵的是，他清楚他们的需要，正如他把八十两银子转让给杜少卿，本来就是为了雪中送炭。

虞博士的高贵风度一是体现在他的谦逊，二是体现在他的坦诚，而这二者均出自他独立不倚的认识和判断。所以，当伊昭和储信提醒他少与杜少卿来往，"恐怕坏了老师的名"时，虞博士立刻正色道："这倒不然。

他的才名，是人人知道的，做出来的诗文，人无有不服。每常人在我这里托他做诗，我还沾他的光。就如今日这银子是一百两，我还留下二十两给我表侄。"从表面上看，虞博士留下的这二十两银子像是不大厚道的回扣，其实他根本没有用在自己身上，而且这笔钱最终成为杜少卿给予他的恩惠。在这件事情上，虞博士没有索取，只有给予和感激。即使没有对杜少卿明说，他也是坦荡的。不坦荡的反而是伊昭和储信二人，他们竟然怂恿虞博士以提前过生日的名义收礼，遭到虞博士的一口回绝："岂有此理！这就是笑话了！"

不过有时，虞博士的温良敦厚确实显得有些迂腐。比如，他将自己的几间房子借给表侄住，表侄却因一时没钱用，擅自把他的房子给拆卖了。对此，虞博士非但没有责怪，反倒大度地说："怪不得你。今年没有生意，家里也要吃用，没奈何卖了，又老远的路来告诉我做嘎？"

　　表侄表示:"我拆了房子,就没处住,所以来同表叔商量,借些银子去当几间屋住。"分明就是一副无赖的嘴脸,可虞博士依旧不愠不怒地说道:"是了,你卖了就没处住。我这里恰好还有三四十两银子,明日与你拿去典几间屋住也好。"

　　类似的还有武书对杜少卿所说的两件奇事。第一件奇事是虞博士六堂合考值场巡视,发现有人作弊,他不但没有揭发惩处,还故意遮掩包庇了那人,并将作弊材料重新交还给他,说道:"你拿去写。但是你方才上堂不该夹在卷子里拿上来。幸得是我看见,若是别人看见,怎了?"

　　考试结束后,那人"发案考在二等,走来谢虞老师"。虞博士却声称不认得他:"并没有这句话。你想是昨日错认了,并不是我。"武书大惑不解,问虞博士究竟何故?虞博士道:"读书人全要养其廉耻,他没奈何来谢我,我若再认这话,他就无容身之地了。"

第二件奇事是虞博士曾将使女无偿许配给他的那个管家，可管家"见衙门清淡，没有钱寻，前日就辞了要去"，而虞博士既不怪他忘恩负义，也不要他赔偿使女的身价，还说："你两口子出去也好；只是出去，房钱、饭钱都没有。"于是，便又给了他们十两银子，并将那管家"荐在一个知县衙门里做长随"。

在武书看来称奇的这两件事，对杜少卿而言却见怪不怪，他只是觉得虞博士一向做这些事"并不是有心要人说好，所以难得"。可在我们看来，虞博士如此处理这些事情，显然属于是非不分了。不过，虞博士这种行为也是高度符合儒家"温良恭俭让"为人处世原则的。他对待自私表侄、作弊考生和忘恩负义的管家表现出的宽容大度，体现的正是"让"——容忍、谦让的美德。面对这些人的无礼、无德，虞博士不生气、不批评，而是希望用自己的礼和德感化他们，让他们得以觉悟，感到羞愧，从而悔过。

辞别南京，另赴新任之际，虞博士对杜少卿所说的那番话语，道出的恰恰是"儒者爱身"的心声：

> 少卿，我不瞒你说。我本赤贫之士，在南京来做了六七年博士，每年积几两俸金，只挣了三十担米的一块田。我此番去，或是部郎，或是州县，我多则做三年，少则做两年，再积些俸银，添得两十担米，每年养着我夫妻两个不得饿死，就罢了。子孙们的事，我也不去管他。现今小儿读书之余，我教他学个医，可以糊口。我要做这官怎的？

透过虞博士有些凄怆的心声，我们已然感受不到儒家君子"学而优则仕"或"知其不可而为之"的进取雄心了。虞博士能做的只有洁身自好，困守于己而已，对于外在的世界，他已经无能为力了。

　　终生践行儒家君子之道的虞博士最后留给我们的不是一串勇往直前的脚印，而是一个不断撤退的苍凉身影。那么，这是君子之道本身存在的问题，还是虞博士个人的问题？又或是其他原因导致的困境呢？能找出这几个问题的答案，就找到了虞博士这个人物形象背后隐含的深意。

郭孝子：孝行背后的伦理真相

首次出现在作品中的郭孝子是一副风尘仆仆、好不辛苦的模样："头戴方巾，身穿旧布直裰，腰系丝绦，脚下芒鞋，身上掮着行李，花白胡须，憔悴枯槁。"经由武书向杜少卿的介绍，我们得知："这位先生姓郭，名力，字铁山。二十年走遍天下，寻访父亲，有名的郭孝子。"

郭孝子正在寻找的父亲"曾在江西做官，降过宁王，所以逃窜在外"，虽然武书没有提及郭孝子父亲的名字，但是根据前面的相关情节，我们能够知道他的父亲正是王惠。听说了郭孝子父亲的底细，杜少卿的反应先是"骇然"，然后是"因见这般举动，心里敬他"。就杜少卿的这种反应以及郭孝子的寻父行为本身而言，我们看到的是孝与义之间的冲突，可作为处于冲突之中的人，郭孝子和杜少卿都没有表现出为难，而是直接让"孝"占了上风。

可见，在他们心里，孝是比义更加重要的第一大德。因此，尽管父亲是个不义之臣，郭孝子还是要克尽孝道义务的。就连庄绍光这样的清高之人，"听得有这个人，也写了一封书子，四两银子送来与杜少卿"，让他转交给郭孝子。虽说做孝子不易，但收获道义上的支持是比较容易的，郭孝子一路上得到了虞博士、尤知县等人的欣然照应。

然而，郭孝子接下来的尽孝之路仍旧充满惊险，几次险些葬送性命，不过，最终都转危为安。这样的结局似乎是在暗示郭孝子的孝行感天动地，必有好报，因而总是能够化险为夷。实际上，郭孝子不只是个孝子，还是个乐于助人、劝善规过的义士。例如，对于以劫道、谋财害命为生的木耐夫妇，他不但不憎恨，反而愿意慷慨解囊，好言相劝，最终使其痛改前非："你不过短路营生，为甚么做这许多恶事？吓杀了人的性命，这个却伤天理。我虽是苦人，看见你夫妻两人到这个田地，越发可怜的狠了。我有十两银子在此，把与你夫妻两人，你做个小生意度日，下次不要做这事了。"

为了能让这对夫妇未来的生活更有保障，郭孝子又主动将自己的一身武艺传授给木耐："你既有胆子短路，你自然还有些武艺。只怕你武艺不高，将来做不得大事。我有些刀法、拳法，传授与你。"对陌生人能够做得如此仁至义尽，这是同为孝子的匡超人无法企及的。在匡超人那里，我们看到的是孝与善的强烈反差；而在郭孝子这里，我们见证的是孝与善的和谐同一。历尽千辛万苦，郭孝子终于找到了已经削发为僧的父亲，可父亲无论如何也不肯认他这个儿子。但是，号啕大哭的郭孝子恒心已定："父亲不认儿子，儿子到底是要认父亲的！"可惜，郭孝子的这种执拗并不能打动父亲，反倒激怒了父亲，他甚至放出狠话："你再不出去，我就拿

刀来杀了你！"父亲的狠话依然无法吓退郭孝子："父亲
就杀了儿子，儿子也是不出去的！"

最后，"老和尚大怒，双手把郭孝子拉起来，提着
郭孝子的领子，一路推揉出门，便关了门进去，再也叫
不应"。无奈的郭孝子"在门外哭了一场，又哭一场，
又不敢敲门"。即便如此，郭孝子只能继续僵持，因为
他无路可退。做父亲的可以无情，做儿子的却不能这
样，否则就有了不孝的罪名。不能进，又不能退，那
就只好守。郭孝子"在半里路外租了一间房屋住下"，
又买通父亲庵里的一个道人，"日日搬柴运米，养活父
亲"。郭孝子此时的全部使命就是供养父亲，他可不管
父亲到底需不需要他的供养。

与其说郭孝子是在供养父亲，倒不如说他是在供养
孝名。显而易见，郭孝子考虑的压根儿就不是父亲的需
求，只是他自己的需求。因此，他的孝道带有强烈的强
迫色彩，既强迫自己，又强迫父亲。

不到半年工夫，郭孝子身上的银两都用光了，他只好"左近人家佣工，替人家挑土，打柴；每日寻几分银子，养活父亲"。郭孝子曾对木耐说自己是个"苦人"，他的苦实际上就是因孝行遭致的苦。可是，如果没有这样的苦，郭孝子又怎么展示他孝行的感人魅力呢？

至于此后郭孝子为供养父亲所吃的苦头，小说里没有再提。父亲为何始终不肯同儿子相认，也难以从小说里找到答案。我们只能推测，或许是父亲觉得无颜再与儿子相认，或许是他畏惧自己的"前科"可能因此败露而招致不幸，又或许是他真的早已一心向佛，四大皆空，不是他不认儿子，而是他的身心根本就不在尘世里。

不能不引起我们深思的是，郭孝子只知道一味地孝顺父亲，却从未试图去理解和认识父亲：父亲究竟是怎样一个人？他有着怎样的品性？他自己该如何看待父亲曾经在名利场上的表现？倘若郭孝子真的爱自己的父亲，他就不可能不关心这些问题。"爱"的情感里蕴藏着的是"知"的冲动，因为爱，所以要知；因为知，便会爱得更深。父子间的亲密关系唯有通过爱才能建立起来，遗憾的是，在郭孝子对于父亲的执着孝行里，我们丝毫看不到爱的成分。

没有爱，就难有相互的宽容和默契，由此产生的付出和牺牲，到头来只能实现自我的满足。自我的满足固然是必要的，但前提是它不可以无视对方的感受。郭孝子一直毫不顾及父亲是不是真正需要他这个孝子，也从未想过父亲是不是更需要他的尊重，如果孝道是不需要尊重的，这岂不违背了孝道作为"礼"的实质？

再次出现在我们面前的郭孝子又变成了这样一副模样："头戴孝巾，身穿白布衣服，脚下芒鞋，形容悲戚，眼下许多泪痕。"此刻，郭孝子的父亲已然离世，他只能借助哀容和回乡安葬父亲来行孝了，这也是留给"孝子"最后的表现机会。

回乡的路上，郭孝子偶遇少年英雄萧云仙，钦佩之余，出于好意，他以良言劝说对方："这冒险捐躯，都是侠客的勾当，而今比不得春秋、战国时，这样事就可以成名。而今是四海一家的时候，任你荆轲、聂政，也只好叫做乱民。像长兄有这样品貌材艺，又有这般义气肝胆，正该出来替朝廷效力；将来到疆场，一刀一枪，博得个封妻荫子，也不枉了一个青史留名。不瞒长兄说，我自幼空自学了一身武艺，遭天伦之惨，奔波辛苦，数十馀年。而今老了，眼见得不中用了。长兄年力鼎盛，万不可蹉跎自误。你须牢记老拙今日之言。"

郭孝子对于萧云仙的这番谆谆劝导，真实表现出他内心深处的想法：首先，他最看重的人生价值就是青史留名；其次，他抱憾自己因尽孝错失了青史留名的可能。这样的想法道出的是郭孝子某种程度上的不甘心，也就是说，他几乎耗尽一生的孝行并没能给他带来精神上的完全满足。

虽然已经成功博得了孝名，但郭孝子最在乎的还是功名。按萧云仙父亲的说法："郭孝子武艺精能，少年与我齐名，可惜而今和我都老了。"显然，当年的郭孝子是有机会凭借自己的超强本领立下一番功业，进而让自己的名字顺利载入史册的。郭孝子之所以看重这样的名声，是因为他认为为国的忠远远高于为家的孝。

认识到郭孝子的孝行里仍有不小的遗憾和无奈，他义无反顾的激进姿态也就打了不小的折扣。即使我们不能说他的孝道是佯装的，却也是不自觉的，不是全然发自内心的。

今天，郭孝子的孝行能够给我们带来对于亲子关系的重新理解和重要启示。我们需要认识到，生养子女是以牺牲父母的时间和精力为代价，从而尽量使孩子受益的。可是，郭孝子身体力行的孝道严重颠倒了这种关系，或者说，它以一种自我感动的方式掩盖了亲子之间应有的伦理真相，这样的孝行是不可取的。

沈琼枝：独立女性的一种可能

《儒林外史》贯穿始终的主角都是形形色色的男性，津津乐道的也都是他们彼此之间的交往。这也难怪，它所呈现的舞台本就不是独有的，而是属于历史的，历史的舞台上女性几乎完全生活在社交之外。不过，小说进展到第四十回，吴敬梓却让我们意外地看到了一个女性形象，并且是一个极其特殊的正面女性形象，她就是沈琼枝。

可以说，仅凭沈琼枝这个形象就足以证明吴敬梓在中国文学史上的重要贡献。不过，这并不是说此前无人在小说里塑造过成功的女性形象，但能够将视角观照到一个女子孤身在民间现实生活里的从容自如，再现她自食其力，同男子平起平坐的智慧和勇气，这样的写法确是绝无仅有的。

《红楼梦》将众多女性作为主要人物来书写，同时明确表达了对于女性的欣赏和认同，然而，大观园里的她们毕竟还是远离人间烟火的，在她们身上，我们目睹不到生命的自由意志，也看不出她们独立于男性的自我人生诉求。种种情感纠葛的发生，说到底仍源于对男性的取悦和依赖。

从这个角度看来，《红楼梦》中的女性没有一个能与沈琼枝相提并论的，她们都无法像沈琼枝那样亲自实践女性的独立生活。此外，《儒林外史》创作和完成的时间要早于《红楼梦》至少数十年。因此，《儒林外史》的历史开拓性地位更能烘托出沈琼枝空前非凡的存在价值。

书中没有交代沈琼枝的成长经历，一上来就已经到了她婚嫁的日子。父亲将她许配给扬州盐商宋为富，并且亲自将她送上了门。然而一看男方的怠慢反应，父亲马上意识到事情不妙，对沈琼枝说："我们只说到了这里，权且住下，等他择吉过门，怎么这等大模大样？看来这等光景竟不是把你当作正室了。这头亲事，还是就得就不得？女儿，你也须自己主张。"

把女儿嫁人，竟然连对方的底细都没有摸清，可见这位父亲有多么的大意。而遇到问题要女儿"自己主张"，又说明他自己没有主张，或者他本来就一直习惯于尊重女儿的意愿。沈琼枝随即表现出来的主见显然跟她在家庭里这种宽松的成长环境息息相关。碰见这样的大事，沈琼枝仍然不慌不忙，先是安慰父亲，替他着想："爹爹，你请放心。我家又不曾写立文书，得他身价，为甚么肯去伏低做小！他既如此排场，爹爹若是和他吵闹起来，倒反被外人议论。我而今一乘轿子，抬到他家里去，看他怎模样看待我。"

说罢，沈琼枝自己穿扮妥当，坐进轿子，只身一人来到宋府。陌生的环境，陌生的面孔，沈琼枝却一点儿不见紧张、胆怯，说起话来理直气壮："请你家老爷出来！我常州姓沈的，不是甚么低三下四的人家！他既要娶我，怎的不张灯结彩，择吉过门？把我悄悄的抬了来，当做娶妾的一般光景；我且不问他要别的，只叫他把我父亲亲笔写的婚书拿出来与我看，我就没的说了！"

这非同寻常的气势想必是宋府的人从未见过的，都不知拿她如何是好，连宋为富也不敢轻举妄动，只是吩咐管家去兑出五百两银子打发掉沈琼枝的父亲。

见到这五百两银子，沈琼枝的父亲才终于明白："不好了！他分明拿我女儿做妾，这还了得！"于是，他"一径走到江都县喊了一状"。谁知，宋为富财力通天，官司终以"他是个刁健讼棍"定案，进而将其押解回乡，草草收场。

可是，这时置身在宋府内的沈琼枝却抱着既来之，则安之的心态，俨然以女主人的身份欣赏起了那气派的院落和讲究的房屋："这样极幽的所在，料想彼人也不会赏鉴，且让我在此消遣几天。"处惊不乱，临危不惧，这便是沈琼枝给我们留下的第一印象。

在宋家住过几天，还是迟迟不见宋为富有任何动静，沈琼枝估计到"彼人一定是安排了我父亲，再来和我歪缠"，所以果断决定"不如走离了他家，再作道理"。临走前，沈琼枝"将他那房里所有动用的金银器皿、真珠首饰，打了一个包袱，穿了七条裙子，扮做小老妈的模样，买通了那丫鬟，五更时分，从后门走了，清晨出了钞关门上船"。这一系列的做法似乎算不得偷，也称不上骗，只能说沈琼枝是个有谋略、不吃亏的角色；当然，这也是她独立生存所需的一种能力。

上了船的沈琼枝究竟该何去何从？这让我们想到鲁迅《娜拉走后怎样》这篇演讲给出的结局：不是堕落，就是回来。然而，沈琼枝其实早在近两百年前就用行动拒绝了鲁迅认定的出路。她没有回来：既不回宋为富的家，也不回父母的家。不回宋为富的家，是因为她不想一辈子做一个卑微的婢妾；不回父母的家，是因为沈琼枝知道："我若回常州父母家去，恐惹故乡人家耻笑。"

那么，沈琼枝到底该往何处去呢？沈琼枝想到了南京："南京是个好地方，有多少名人在那里，我又会做两句诗，何不到南京去卖诗过日子，或者遇着些缘法出来也不可知。"在前程未卜的关键时刻，沈琼枝没想要依赖父母，也不打算依赖男人，她只有自己可以相信和依赖。

来到南京，沈琼枝亮出了谋生的广告："毗陵女士沈琼枝，精工顾绣，写扇作诗。寓王府塘手帕巷内。赐顾者幸认毗陵沈招牌便是。"这样的广告无疑是个令人惊诧的新鲜事，以至武书见了，认定沈琼枝就是个"开私门"的女人。在一般人的眼里，好像除了娼妓，女人在社会上就不可能有别的谋生之道。

但是，沈琼枝实实在在地回击了他们的偏见，她就是在凭着自己的才能吃饭。自从挂了招牌之后，"也有来求诗的，也有来买斗方的，也有来托刺绣的"，沈琼

143

枝凭借自己的本事解决了基本的生存问题。经由姚奶奶的那一番称道，原来，沈琼枝的刺绣技艺非常高超，她的生意和自信正是来自她的出众才华。不过，也常有好事的恶少闻风而来，可一旦有人意欲骚扰，沈琼枝便即刻恶言相向，绝不退让。很快，就有了关于沈琼枝个性的传言。曾经对她不屑一顾的武书顿时萌生了兴趣："这个却奇。一个少年妇女，独自在外，又无同伴，靠卖诗文过日子，恐怕世上断无此理。只恐其中有甚么情由。他既然会做诗，我们便邀了他来做做看。"的确，沈琼枝的存在就是一个奇迹。

而武书和杜少卿登门拜访初见的沈琼枝，又一次让我们领教了她的厉害，此刻的她正在大骂那几个想来敲诈她的流氓无赖。不得不承认，一个势单力薄的女子要想在那样的世道里找到出路，光有才华是不够的，还得有沈琼枝这种天不怕、地不怕的胆量。要知道，她的这种胆量可不是虚张声势，她确实有一身过硬的武功。

见过沈琼枝，武书做出了这样的评价："我看这个女人实有些奇。若说他是个邪货，他却不带淫气；若是说他是人家遣出来的婢妾，他却又不带贱气。看他虽是个女流，倒有许多豪侠的光景；他那般轻倩的装饰，虽则觉得柔媚，只一双手指却像讲究勾、搬、冲的。"这里的"勾、搬、冲"就是在联想沈琼枝有练过武功的迹象。

即便武书用的是有色眼镜，他也看出了沈琼枝不卑不亢、刚柔相济的本色。只是沈琼枝并不介意自己在男人眼里的形象，她之所以能对武书和杜少卿以礼相待，正是因为他们不像常人那样，把她视为"倚门之娼"或"江湖之盗"，对她既无"狎玩"的意思，又无"疑猜"的心肠。

尽管这两个少见的男人对自己表示了一定程度的礼貌和尊重，沈琼枝依然不指望他们的同情和救助，一直到杜少卿妻子的面前，她才肯坦露自己的心迹，将苦处和盘托出，切问"夫人可能救我"？得知沈琼枝的处境，杜慎卿也不得不赞叹："盐商富贵奢华，多少士大夫见了就销魂夺魄；你一个弱女子，视如土芥，这就可敬的极了！"

对于自己身上的麻烦，沈琼枝一直是有担心的。可真等官差找到了她，她又表现得镇定异常。官差想直接将她押走，不许她再进家门，结果立即遭到她的厉声呵斥："你们是都堂衙门的？是巡按衙门的？我又不犯法，又不打钦案的官司，那里有个拦门不许进去的理！你们这般大惊小怪，只好吓那乡里人！"不难看到，"两个差人倒有些让她"，这是沈琼枝正义的底气和力量使然。

到了知县那里，沈琼枝照旧毫不畏缩，据理力争。知县为了验证她的"颇知文墨"一说，当即要她以槐树为题，即兴作诗一首。于是，"沈琼枝不慌不忙，吟出一首七言八句来，又快又好"。最后，沈琼枝用自己的才华征服了知县，知县暗自决定委托友人"开释此女，断还伊父，另行择婿"。

在由两个差人陪同返乡的船上，沈琼枝和两个妇人坐到了一起，这两个妇人都是娼妓。这样的巧遇仿佛出自作者的精心安排，意在暗示女性对于不同命运的抉择，由此显衬沈琼枝独立不羁人生姿态的崇高性。

要下船时，差人照例问沈琼枝要钱，沈琼枝仍是拒绝服从："我昨日听得明白，你们办公事不用船钱的。"差人不肯罢休，沈琼枝索性说道："我便不给你钱，你敢怎么样！"这就是沈琼枝一贯不变的刚烈性格。

跳上岸后的沈琼枝"两只小脚就是飞的一般，竟要自己走了去"，两个差人慌忙追赶着撕扯她，却被她"一个四门斗里打了一个仰八叉"。"四门斗里"是拳术中的一种招式，至此，我们总算见识了一回沈琼枝的真功夫。

此时此刻，沈琼枝在向自己的家走去，向父母走去，虽然她没有堕落，最终还是选择了回来。不，这不是回来，其实，她这是在走向起点，为了完成重新的出发。重新出发的沈琼枝必将是一个崭新的女性，她理应得到我们衷心的祝福，因为她已经倾力为我们最大限度地创造了女性的可能。

虞华轩：发人深省的恶作剧

《儒林外史》里面的正面人物都讲求儒家君子的中庸之道，如杜少卿、庄绍光、虞博士等。作者在表现他们身上的正义之气时，往往注重描写这些人物温良敦厚的性情，少有激愤、狂傲的行为。然而，写到虞华轩时，吴敬梓的笔锋突然一转，开始通过这个人物嬉笑怒骂起来，给读者带来一种酣畅淋漓之感。

虞华轩是在接近作品尾声时才出现的，就好像某种日积月累的情绪在一瞬间爆发一样。这种含有强烈愤怒的情绪宣泄的是个人的失望，也释放出一种严重的挫败感。可以说，虞华轩这个人物的到来意味着小说叙事进程的转折，至此，作品开始由高潮转向低谷。

整部《儒林外史》的高潮是指泰伯礼大祭那一幕，但事实证明，它不过是一场华丽又虚幻的演出，终究不能扭转世风的江河日下。不单人们期待的礼乐盛世渐行渐远，连既有的人文精华也在风流云散，因此，虞华轩和他所生活的五河县之间正在进行着一场激烈的较量。

五河县就是势利的代名词，小说中写道："五河的风俗：说起那人有品行，他就歪着嘴笑；说起前几十年的世家大族，他就鼻子里笑；说那个人会做诗赋古文，他就眉毛都会笑。问五河县有甚么山川风景，是有个彭乡绅；问五河县有甚么出产希奇之物，是有个彭乡绅；问五河县那个有品望，是奉承彭乡绅；问那个有德行，是奉承彭乡绅；问那个有才情，是专会奉承彭乡绅。却另外有一件事，人也还怕：是同徽州方家做亲家；还有一件事，人也还亲热：就是大捧的银子拿出来买田。"很明显，这里聚集的全是一帮不知廉耻的阿谀奉承之徒。

生活在这样的环境里的虞华轩备受折磨，毕竟，他的才学和品行与谄媚、逢迎格格不入。小说里是这样介绍虞华轩的：

> 话说虞华轩也是一个非同小可之人。他自小
> 七八岁上，就是个神童。后来经史子集之书，无一
> 样不曾熟读，无一样不讲究，无一样不通彻。到了
> 二十多岁，学问成了，一切兵、农、礼、乐、工、
> 虞、水、火之事，他提了头就知到尾，文章也是
> 枚、马，诗赋也是李、杜，况且他曾祖是尚书，祖
> 是翰林，父是太守，真正是个大家。无奈他虽有这
> 一肚子学问，五河人总不许他开口。

"无奈他虽有这一肚子学问，五河人总不许他开
口。"说明了五河人的势利，他们看重的不是学问本
身，而是科举和身份地位。虞华轩再有学问，并没有高
中过，所以在五河人的眼里他的学问是不作数的。"虞
华轩生在这恶俗地方，又守着几亩田园，跑不到别处

去，因此就激而为怒。"虞华轩的激愤性情就是由这个可恶的地方滋生出来的，他不得不反抗。可是，虞华轩也没有多好的方法，只是"叫兴贩田地的人家来，说要买田、买房子；讲的差不多，又臭骂那些人一顿，不买，以此开心"。这不，此时的他又在拿势利的成老爹来寻开心，"叫小厮搬出三十锭大元宝来""那元宝在桌上乱滚，成老爹的眼就跟这元宝滚"。虞华轩之所以亮出这些银子，就是为了让成老爹放心地下乡去传话说他要买田。

说话间，成老爹又犯了那虚荣的毛病，吹嘘方六房里外后日要请他吃中饭。别人或许听听算了，虞华轩偏偏要较真，为此特意请来唐三痰，托他去打听是否确有此事。唐三痰打听了半天，回报虞华轩"外后日方六房里并不请人"。

虞华轩连说两个"妙"字，心中顿生一计，他要顺势捉弄成老爹一下。随即，他伪造出一份请柬，"叫人送在成老爹睡觉的房里书案上"，让成老爹信以为真，欢天喜地说道："我老头子老运亨通了！偶然扯个谎，就扯着了，又恰好是这一日！"

到了这一日，虞华轩故意在自家大摆宴席，将成老爹诓骗出去，吃了个空。等到成老爹悻悻而归，虞华轩又调侃道："成老爹偏背了我们，吃了方家的好东西来了，好快活！"这还不算完，他又让成老爹到一边坐着，叫小厮"泡上好消食的陈茶来与成老爹吃""那盖碗陈茶，左一碗，右一碗，送来与成老爹。成老爹越吃越饿，肚里说不出来的苦。看见他们大肥肉块、鸭子、脚鱼，夹着往嘴里送，气得火在顶门里直冒。他们一直吃到晚，成老爹一直饿到晚"。

这样戏耍成老爹，让他"在床上气了一夜"，虞华轩的做法充满了孩子气。成老爹确实有些势利虚荣，但虞华轩的做法十分不厚道。兴贩田地算是成老爹糊口的行当，他挣下的也是跑腿的辛苦钱，虞华轩却随意拿人家糊口的行当开玩笑，来发泄自己一时的不平之气，实在有失君子的风度。

再看方老六对待成老爹的态度，虽无酒肉相迎，却是彬彬有礼，并没有一副高高在上的轻慢模样。难道虞华轩将自己对五河县人恶俗嘴脸的憎恶不自觉地转嫁到彭、方两家人的身上了？他鄙视五河县人的势利，而他们的势利实际都与彭、方两家相关，于是，彭、方两家便成了他不满的根源。可是，他把所有的不满并没有发泄在彭、方两家人身上，反而都发泄在了像成老爹这样的弱者身上，这样是公正的吗？其实，彭、方两家并没有要跟虞华轩作对，倒是虞华轩自己始终对他们的"被巴结"耿耿于怀。换句话说，彭、方两家的存在就是造成虞华轩心理失衡的首要原因，也正是这种失衡直接导致了他对势利行为的过分敏感和深恶痛绝。说到底，还是虞华轩不愿意面对家族曾经辉煌的历史已然黯淡的现实，而自己又无力东山再起。即便不能说他对彭、方两家心存嫉妒，至少他一直是在跟他们暗暗较着劲的，节孝入祠仪式的举办清晰地展现了虞华轩的这种心理。当余大先生提出这一建议时，虞华轩立即附和道："这个何消说！寒舍是一位，尊府是两位，两家绅衿共有一百四五十人。我们会齐了，一同到祠门口，都穿了公服迎接当事，也是大家的气象。"

但让他们万万没有想到的是，方家老太太也在同一日入祠，而且连他们自己的本家都想参加方家的入祠仪式。到了这个隆重的日子，虞家这边的祠门前冷冷清清，方家那边的祠门前却是水泄不通，虞华轩所期待的大家气象全然落了空。

见此情景，余大先生感叹道："表弟，我们县里，礼义廉耻，一总都灭绝了！也因学宫里没有个好官！若是放在南京虞博士那里，这样事如何行的去！"怪学宫里没有个好官，怪缺少像虞博士这样的圣贤，他们就是不知道怪自己。在自己的家族内部都这么没有影响力，他们又如何能用自己认可的礼义廉耻去影响他人呢？他们只看到了周遭礼义廉耻的绝迹，却不追究绝迹的原因，面对日益堕落的现实，他们只会用谩骂和哀叹来表现自己的优越感，事实上，倘若别人是卑俗的，他们也并没有高贵到哪里去。

最后，虞华轩照旧将自己的失落和不满发泄在了成老爹身上。跟成老爹说好要定了这田，等成老爹把相关的人都约了过来，虞华轩却只是让他们看自己"捧着多少五十两一锭的大银子散人，一个时辰就散掉了几百两"。现在，虞华轩能聊以自慰的就是要给成老爹展示一下自己的财富，再痛快给出一句："那田贵了！我不要！"此话成功地将"成老爹吓了一个痴"。虞华轩只管任性，完全不在乎成老爹的辛苦和死活。从虞华轩的几次恶作剧可以看出，他只顾恨成老爹的势利，却不知这势利之中也含着常情，一味地自怜自艾，全然没有同理心，用激愤和狂傲去伤人伤己，这就是虞华轩发人深省的问题所在。

王玉辉："舍生取礼"的悲剧

"王玉辉真古之所谓书呆子也，其呆处正是人所不能及处。观此人，知其临大节而不可夺。人之能于五伦中慷慨决断，做出一番事业者，必非天下之乖人也。"这是卧闲草堂本评点里对王玉辉这个人物的看法，它首先强调了王玉辉的"呆"，最后又充分肯定了他的"呆"，认为"呆"正是王玉辉能够成就一番伟业的重要性格保证。

然而，清人黄小田在评点《儒林外史》时，非常不认可卧闲草堂本的看法："此评大谬。评此书者妙处固多，而错处亦不少，总由未会作者本意，且看书亦粗心之甚。可删。"如今，我们基本都认同黄小田的观点，对于卧闲草堂本评点给予王玉辉的赞美是难以接受的，现在我们就来具体分析一下王玉辉的所思所想和所作

157

所为。

王玉辉第一次出现在我们面前时，已"约有六十多岁光景"，他是前来拜会新任徽州府学训导余大先生的。寒暄过后，王玉辉便称自己"在学里也做了三十年的秀才，是个迂拙的人"，向来不善交际；之所以特地登门，是慕名而来，要虚心向余大先生请教。

说着，王玉辉就透露出自己此生的一大志向——"要纂三部书嘉惠来学。"这三部书分别是礼书、字书和乡约书。也就是说，王玉辉的目的不过是要为既有的礼教思想贡献出自己全部的力量。为了这三部书，王玉辉"终日手不停披，所以没的工夫做馆"，结果到老了仍是一贫如洗。

安贫乐道，这就是王玉辉的"呆"，也是王玉辉的自我满足，正像孔子说颜回："人不堪其忧，回也不改其乐。"作为传统礼教的一个虔诚信徒，王玉辉从中收获的成就感远远胜过贫苦对于自己的袭扰。

对封建礼教如此着迷的王玉辉还深深影响了他的家人。他的大女儿成了寡妇后，便一直守节在父母家，不考虑再嫁。此刻，三女儿的夫君又遭病故，她的反应却不像大姐守节这么寻常了。

等夫君入殓过后，三女儿淡定地对公婆和父亲说："父亲在上，我一个大姐姐死了丈夫，在家累着父亲养活，而今我又死了丈夫，难道又要父亲养活不成？父亲是寒士，也养活不来这许多女儿！"所以，她接下来的打算是："我而今辞别公婆、父亲，也便寻一条死路，跟着丈夫一处去了！"原来，她想采取的是比守节更激进、更决绝的殉夫方式，成为一位贞节烈妇。

公婆听见儿媳有这样的打算，顿时"惊得泪下如雨"，规劝道："我儿！你气疯了！自古蝼蚁尚且贪生，你怎么讲出这样话来！你生是我家人，死是我家鬼，我做公婆的怎的不养活你，要你父亲养活？快不要如此！"可是，儿媳去意已定，不容动摇："爹妈也老了，我做媳妇的不能孝顺爹妈，反累爹妈，我心里不安，只是由着我到这条路上去罢。"

公婆的反应和规劝是人之常情，但满脑子礼教学说的王玉辉对此却有着同常人不一样的反应。他不单不劝阻三女儿，倒是转而劝说起三女儿的公婆："亲家，我仔细想来，我这小女要殉节的真切，倒也由着他行罢。自古'心去意难留'。"紧接着，他又对女儿说道："我儿，你既如此，这是青史上留名的事，我难道反拦阻你？你竟是这样做罢。我今日就回家去叫你母亲来和你作别。"

好一个"青史留名"，王玉辉毕生钻研礼教竟然只是为了这个。在他眼里，生命就是为礼而存在的；为礼做出的自我牺牲就是名，名是一个人在此世的最高价值。于是，"饿死事小，失节事大"的"真理"因而变得冠冕堂皇了。

孟子主张"舍生取义"，到了王玉辉这里，却成了"舍生取礼"。问题是，"义"尚有道义或正义的成分，它对于个人的权利是有维护作用的。而礼到了这个时代，已经完全变成某种桎梏，只是用来维系封建等级秩序和制度的。舍生取义还是一种选择，一种思考，而"饿死事小，失节事大"已经不能给人一点儿自由的余地了。服从真理是为了使人们生活得自由自在，可王玉辉对于礼教的服从只能让他丧失自我。他完全生活在绝对的理念里，已经很难有正常人的思维和判断了。王玉辉的某些做法注定是无法被常人理解和接受的，所以妻子会指责他："你怎的越老越呆了！一个女儿要死，你该劝他，怎么倒叫他死？这是甚么话说！"而王玉辉只能用一句"这样事，你们是不晓得的"来应对。他倒是晓得了一种道理，但为此牺牲了重要的生命本能，他的晓得其实是迷失。

成功坚持了八天，三女儿终于如愿饿死，她的母亲悲恸欲绝。王玉辉却责怪她说："你这老人家真正是个呆子！三女儿他而今已是成了仙了，你哭他怎的？他这死的好，只怕我将来不能像他这一个好题目死哩！"说罢，他仰天大笑道："死的好！死的好！"

死竟然需要一个好题目，女儿的死成全了王玉辉的理念，看来，王玉辉把生和死的理由都交给了他人来定夺。更滑稽的是，三女儿的死竟属于荣耀之事，官方批准"制主入祠，门首建坊"，祭奠了一天。摆席期间，"通学人要请了王先生来上坐，说他生这样好女儿，为伦纪生色"。王玉辉本该为此感到荣幸，结果却是"转觉心伤，辞了不肯来"。很明显，"转觉心伤"和他说的"死的好"是非常矛盾的，却是王玉辉内心深处最真实的反应。

当然，这样的反应也说明了王玉辉的人性没有全然沦丧。不过，与其说它是在表明王玉辉礼教思想上的动摇，不如说是为了突出这种思想的强大力量。只是，这力量的强大没有表现为对王玉辉的彻底征服，而是以矛盾的形式显示着它的时时在场。事实表明，王玉辉压根儿没有能力自主操控礼教思想，他的表现完全是被这种思想牢牢操控着。

虽然王玉辉一定不会承认自己崇奉的礼教对人对己是一种伤害，但他随后外出散心的疗愈之举却用行动选择了主动逃避。"一路看着水色山光，悲悼女儿，凄凄惶惶"，相比于妻子，王玉辉情感上的痛苦是双重的，除了丧女之痛，他还要忍受着自我压抑之痛。

时刻处于理性和情感的撕扯纠缠之中，说明王玉辉全心全意践行的礼教并不能使他体验到人生的自由，进而印证着他的礼教不是真理。他永远无法在自己的理性和情感之间找到平衡，达成和解。

因此，尽管王玉辉正满心哀怆，可看到"又有几只堂客船，不挂帘子，都穿着极鲜艳的衣服，在船里坐着吃酒"，他仍能立即产生礼教的条件反射："这苏州风俗不好，一个妇人家不出闺门，岂有个叫了船在这河内游荡之理！"然而，等随后"见船上一个少年穿白的妇人，他又想起女儿，心里哽咽，那热泪直滚出来"。理性和情感的冲突构成了王玉辉挣脱不了的张力，不管是理性还是情感中的他始终是无意识和被动的。最后，王玉辉仍然没有忘记到败落的泰伯祠那里瞻仰一番，尽管只是瞻仰"寂寞"，却仍不能从这寂寞中领悟出什么，他哪里能够意识到，儒家原初礼乐的式微恰恰就是他这种执迷之辈的极端固守导致的。《礼记·乐记》里说："乐者，天地之和也；礼者，天地之序也。和，故百物皆化；序，故群物皆别。"礼乐的宗旨是尊重差异，谋求和谐共处，这一切传达出的皆是仁爱的思想。而在王玉辉关于礼教的理论和实践中，我们的确看不到任何仁爱思想的苗芽，这就是这类人物"舍生取礼"的悲剧根源。

"市井四奇人"：究竟"奇"在哪里？

《儒林外史》从一开始就明确了它要讲述的是"一代文人有厄"的历史没落故事，所以整部小说的笔调注定是要逐步走向消沉的。但到小说即将落幕的时候，作者也只是满怀失望的情绪，并没有真的走到绝望的地步。作为尾声的旌贤榜无疑为整部作品带来了一线希望的曙光，即便这可能只是吴敬梓一厢情愿的幻想，却表明了他写作的意义：如果认定未来必然是绝望的，那么，写作本身不就没有正当的理由了吗？

"市井四奇人"在尘埃落定之际横空出世，尽管营造的尽是感伤的失意、沮丧氛围，却依然带来了微弱的希望之光。虽说"那南京的名士都已渐渐销磨尽了"，庙堂高处的风流早已烟消云散，但吴敬梓相信还有民间，于是，便将他的目光转向了那里，他真实地告诉我们："那知市井中间，又出了几个奇人。"

需要说明的是，这不是风水轮流转，这是希望的生生不息，是吴敬梓留给自己的最后一丝安慰。在举业功名之外，吴敬梓可以信赖的唯有琴棋书画这些源远流长的古老技艺了，它们是历史，更是情感，寄寓着一代又一代文人的理想和情怀。

第一个奇人是善书的季遐年。此人"自小儿无家无业，总在这些寺院里安身"。说他奇，不是奇在字写得最好，而是奇在"不肯学古人的法帖，只是自己创出来的格调，由着笔性写了去"。还有，"但凡人要请他写字时，他三日前，就要斋戒一日，第二日磨一天的墨，却又不许别人替磨"。特别费墨也是他写字的一个奇处。

实际上，季遐年写字的奇还是基于他个性上的奇。虽然贫穷，"他若不情愿时，任你王侯将相，大捧的银子送他，他正眼儿也不看"。而"每日写了字，得了人家的笔资，自家吃了饭，剩下的钱就不要了，随便不相识的穷人，就送了他"。贫穷从未让季遐年失去自尊，也从来没有影响他的慷慨。

不过，因为贫穷，季遐年的慷慨只能是有限和随意的。至于自尊，在他那里无法表现为自爱，往往需要借助同权贵们的赌气和对抗来实现，就像他对施乡绅的破口大骂："你是何等之人，敢来叫我写字！我又不贪你的钱，又不慕你的势，又不借你的光，你敢叫我写起字来！"

施乡绅见他字写得好，就叫他来写字，写或不写是他的自由，人家也没有强求；故意上门大骂一场，明显就是季遐年的无理取闹了。就算人家没有高看他，没有客气相邀，问题也多半出在他留给人的第一印象上。

不难看出，季遐年的心里总是积着一股子怨气，随时要找个对象发泄一下，甚至对朋友也是如此。大雪天里，他"那一双稀烂的蒲鞋"，踩了人家"一书房的滋泥"，朋友委婉地表示可以给他买一双鞋，他立马激烈地表示不屑；朋友又拿出一双鞋要他换，说得同样客气："你先生且请略换换，恐怕脚底下冷。"他干脆恼了："你家甚么要紧的地方！我这双鞋就不可以坐在你家！我坐在你家，还要算抬举你。我都希罕你的鞋穿！"

自尊不是通过自傲获得的，更不是通过不尊重别人获得的。说白了，季遐年的奇就是怪，怪得不通人情世故，把浑不吝当成了潇洒自由。实际上，比起杜少卿和虞博士这类人物的文质彬彬，季遐年的狂放不羁不过是一种自暴自弃罢了。

第二个奇人是善弈的王太。他虽以卖火纸筒子为生，却和季遐年一样是个穷人，整日穿着破衣烂衫，很容易被人瞧不起。可他同样有一手绝技——围棋。不过，与有"天下的大国手"之称的马先生仗着自己的棋艺豪赌大赚不同，王太全然不利用这项一技之长谋得一毫一分。

　　况且，名声在外的马先生根本就不是默默无闻的王太的对手，跟他只下了半盘便败下阵来。由鄙夷到震惊的众人拉着王太去吃酒，王太则哈哈大笑道："天下那里还有个快活似杀矢棋的事！我杀过矢棋，心里快活极了，那里还吃的下酒！"

　　不为钱，不为酒，王太下棋纯粹为了快活，并借此不断确认自己在这个世上无人能及的本领。他的奇是奇在棋无对手，奇在超乎功利之外的下棋态度。正因为这样，下棋带给王太的是他人无从体会的超脱自在。

　　第三个奇人是善画的盖宽。盖宽是个开茶馆的，早年经营过当铺，富足过一阵子。那时，他不爱同阔绰的本家亲戚来往，嫌他们个个俗气。他每天的精力根本不放在生意上，反倒是喜欢作诗、读书和画画，结交的多是跟他有一样爱好的人。

　　盖宽不爱财，却爱才，尽管这些人诗不及他写得好，画也不如他画得好，他仍很欣赏他们的才华，"遇着这些人来，留着吃酒吃饭，说也有，笑也有。这些人家里有冠、婚、丧、祭的紧急事，没有银子，来向他说，他从不推辞，几百几十拿与人用"。

当铺里的伙计都觉得主人呆气，所以就趁机占尽他的便宜。渐渐地，盖宽的当铺就开不下去了，再加上"田地又接连几年都被水淹"，叫人哄骗着低价卖了出去，日子从此过得一日不如一日，最后连房子都卖了，只能靠卖茶水艰难地养家糊口。

不过，这大起大落的生活并没有让盖宽感到任何不安，他"依旧坐在柜台里看诗画画"。这里有一个值得注意的细节："柜台上放着一个瓶，插着些时新花朵"。"时新花朵"有如一束光，继续照亮盖宽贫困潦倒的生活，那是他从开始一直保留到最后的热爱和希望。就像那放在花瓶旁的古书，"他家各样的东西都变卖尽了，只有这几本心爱的古书是不肯卖的"。再贵重的财物都可以散尽，唯有几本古书是绝对不能放弃的，这就是盖宽的风骨。

一个邻居老爹见他过得清苦，便建议道："你老人家而今也算十分艰难了，从前有多少人受过你老人家的惠，而今都不到你这里来走走。你老人家这些亲戚本家，事体总还是好的，你何不去向他们商议商议，借个大大的本钱，做些大生意过日子？"

盖宽回答说："老爹，'世情看冷暖，人面逐高低'！当初我有钱的时候，身上穿的也体面，跟的小厮也齐整，和这些亲戚本家在一块，还搭配的上。而今我这般光景，走到他们家去，他就不嫌我，我自己也觉得可厌。至于老爹说有受过我的惠的，那都是穷人，那里还有得还出来。他而今又到有钱的地方去了，那里还肯到我这里来！我若去寻他，空惹他们的气，有何趣味！"

这是盖宽对于人生的大彻大悟，要说他的奇，也就奇在这里了：富而不骄，贫而不贱，普天之下有几个人能做得到呢？

第四个奇人是善琴的荆元。这人"五十多岁，在三山街开着一个裁缝铺"，每天忙完活计，"余下来工夫就弹琴写字，也极喜欢做诗"。朋友们有些不解，问他："你既要做雅人，为甚么还要做你这贵行？何不同些学校里人相与相与？"

荆元答道："我也不是要做雅人。也只为性情相近，故此时常学学。至于我们这个贱行，是祖父遗留下来的，难道读书识字，做了裁缝就玷污了不成？况且那些学校中的朋友，他们另有一番见识，怎肯和我们相与。而今每日寻得六七分银子，吃饱了饭，要弹琴，要写字，诸事都由得我。又不贪图人的富贵，又不伺候人的颜色，天不收，地不管，倒不快活？"

和盖宽一样，荆元也是个明白人，只愿活在自己的天地里。他用行动告诉我们，人活一世，除去自由，别无所求。只是大多数人都把自由当成了随心所欲，而荆元清楚地知道，自由不是为了得到什么，而是为了不失去什么。这样的见地正是他的"奇"之所在。

至于他能令"那些鸟雀闻之，都栖息枝间窃听"的卓越琴技，只有和他始终不舍的裁缝手艺相提并论才更能显示出"奇"的况味。集大雅大俗于一身的荆元，也许是前无古人，但吴敬梓绝不希望后无来者；正如那让听者"不觉凄然泪下"的动人琴声，尽管孤寂，却终不忍让它成为绝响。

四个市井奇人无不落落寡合，道尽人间孤独与惆怅，但也只有这样，他们才能执着于儒林世界之外的薪火相传。他们是寂静的，这样的设计就是让我们能够听清历史深处的脚步声。正是他们让我们深刻体会到《儒林外史》这个书名的深意所在：所谓"外史"，其实离真相最近。

另一种思考

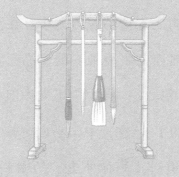

《儒林外史》是一部严格意义上的讽刺小说吗?

直到今天,只要一提起《儒林外史》,人们自然会联想到讽刺小说,仿佛《儒林外史》最大的文学贡献就在于讽刺。这样的看法来自鲁迅。鲁迅在《中国小说的历史的变迁》里曾经这样写道:"小说中寓讥讽者,晋唐已有,而在明之人情小说为尤多。在清朝,讽刺小说反少有,有名而几乎是唯一的作品,就是《儒林外史》。"鲁迅还说:"……在中国历来作讽刺小说者,再没有比他更好的了。"在《中国小说史略》当中,鲁迅多次论及和称道过《儒林外史》的讽刺艺术。此后,《儒林外史》便一直被视为中国古典讽刺小说的巅峰之作。

但是有个问题,过于强调讽刺这个标签,其实很容易遮蔽《儒林外史》最值得我们关注的长处。用讽刺来定义或概括《儒林外史》的成就，不仅不能对小说的价值有所提升，反而会变成一种限制。事实上，通过我们对小说中众多人物的分析，不难发觉，作者的讽刺笔调并不多见，即使是针对他要讽刺的范进、严贡生、匡超人等人，吴敬梓总是要为他们保留一定情面的。

鲁迅之所以格外重视《儒林外史》中的讽刺元素，与他本身十分重视讽刺写作有关。正如他挚爱一生的杂文，充满讽刺力量，像匕首，像投枪，直刺被讽刺者的心脏。讽刺是犀利的武器，它指向的永远是别人，而不是自己。讽刺的姿态总是高傲和轻蔑的，所以，越是善于讽刺的人，往往越是容易给我们留下刻薄的印象。

如果用讽刺小说的艺术特征来对照《儒林外史》的叙事，我们不得不承认，《儒林外史》的风格距离讽刺相当遥远。相反，从马二先生、鲍文卿、杜少卿以及虞博士等人身上，我们看到最多的是厚道这种品质，而厚道恰恰是刻薄的反义词。

相比《红楼梦》等四大名著，《儒林外史》是使用"厚道"一词最多的。比如：第六回里写道："王仁道：'凡事还是厚道些好。'"第三十一回里写道："鲍廷玺道：'这也是少爷的厚道处。'"第四十七回里有写："那余、虞两家到底是诗礼人家，也还厚道……"

厚道一词出现较晚，最早见于明代张萱《疑耀·官吏不得受监临饮食》："今曹修止於尊酒，随而自首，已为刻薄，法官又以赃罪加之，剖析一条，以为二事，不察人情，不顾大体，非厚道也。"此处的厚道指的就是善良、宽容、不刻薄的意思。其后，厚道一词才开始在明清小说里被普遍使用，比厚道更早使用的近义词多是宽厚、忠厚、敦厚等。

虽是批判科举，但从头至尾，《儒林外史》书写最多的是厚道的人和事。第一个厚道之人就是第一回里的秦老，王冕和母亲的孤苦生活多亏他照应。秦老雇王冕放牛，本意就是为了帮衬他们难以为继的生活，所以他不让王冕走得太远，每日供应他"两餐小菜饭"，每个早上"还折两个钱"给王冕买点心吃。

王冕是个极有个性的人，不轻易为人所容，秦老却认为他"如此不俗，所以敬他爱他，时时和他亲热，邀在草堂里坐着说话儿"。可以说，除了母亲，秦老是唯一关心王冕的人。虽然非亲非故，他却一直用一颗善良的心温暖着王冕。

第三回里的周进，因为举业无望，已经生无可恋。茶棚里素不相识的几个客人见此情景，深表同情，当即建议大家筹钱帮助周进"纳监进场"。他们都有一个朴素的信念，那就是："君子成人之美""见义不为，是为不勇"。

结果，四位客人第二天便为周进备齐了二百两银子，让周进从此有了改变命运的机会。同秦老一样，他们都不是什么富有的人，但是他们拥有厚道之心，正是这样的心灵赋予了他们爱和同情的能力。

吴敬梓笔下的厚道随处可见，哪里需要救助，哪里就有厚道的人物出现，不论贫富，不论贵贱。如果说秦老和那几个客人呈现给我们的是民间小人物的厚道，那么，在他们之外，李本瑛知县显示出来的便是官场大人物的厚道了。

没有李本瑛的厚道就不可能有匡超人翻身的那一天。高高在上的李本瑛完全可以不必在乎卑微的匡超人，但是他的厚道不能不让他注意到一个村民在二更天里的读书声。他的厚道在此时体现为一种难得的细心、欣赏和关怀，从而使他从芸芸众生中发现了匡超人。

为匡超人出力还不算，李本瑛问出他家境贫苦，便又拿出二两银子给他，并叫匡超人在参加府考和院考的时候再来找他，要资助匡超人所需的费用。看李本瑛竭尽全力地提携帮扶匡超人的一举一动，我们简直难以相信他们之间竟然是陌生人，也没法不怀疑他对匡超人是否另有所图。然而，只要我们自己也是厚道的，就不会产生这样的怀疑。因此，李本瑛为匡超人所做的一切是出于厚道的本性，就像水往低处流淌一样自然。

还有另一位知县向鼎也是个厚道之人。冥冥之中，他的厚道唤起了鲍文卿的厚道。向鼎哪里知道，他就要毁于一旦的前程正在被一个素昧平生的戏子所挽救。鲍文卿爱惜向鼎的才华，体谅他的不得志，所以才极力恳请按察司对要被参处的向鼎网开一面。

在鲍文卿这里，厚道又体现为拯救的责任。他不需要与向鼎相识，也不需要向鼎向他呼救。他的厚道是一种保护机制，在需要正义的时刻便能够及时做出回应。两个人由此结下的深厚友情，更是将厚道演绎成跨越身份等级界限的崇高之爱。

比起杜少卿等人，庄绍光身上的厚道原本表现得十分不明显，或者说，从他接人待物的方式来看，庄绍光压根儿就算不上一个厚道之人。即便如此，在需要厚道行事的时候，庄绍光也能做到当仁不让。

例如，在投宿过程中，庄绍光遇到了一对老夫妇的死亡。说起来，这事与他并没有什么关系，无奈离去好像也不为过，可是，同情心让庄绍光没有这么选择。他说："这两个老人家就穷苦到这个地步！我虽则在此一宿，我不殡葬他，谁人殡葬？"

庄绍光自掏几十两银子买来棺木，又出钱买了墓地，让两位老人入土为安。之后，庄绍光还"买了些牲醴纸钱，又做了一篇文""洒泪祭奠了"。前前后后，庄绍光做得有情有义，毫不敷衍，也是厚道之举。

庄绍光的这一做法还会让我们回想起第二十回里老和尚料理牛布衣后事的那一幕。对待这样一位萍水相逢的过客，老和尚同样实心实意地花钱为他买棺木，入殓之后，又"披了袈裟，拿了手击子，到他柩前来念'往生咒'"。

因为没有地方可安放牛布衣的灵柩，老和尚只好把自己堆柴的房屋腾出，并将灵桌摆放停当，一点儿都不含糊。忙完，"老和尚伏着灵桌又哭了一场"。此刻，老和尚的泪水就是最真切、最厚道的语言。

庄绍光和老和尚在悼念陌生人时洒下的眼泪，又为我们诠释出这样一个结论：厚道是一种很容易建立起亲密关系的深情品格。

厚道在《儒林外史》整部作品里几乎就是评价人和事的一种最基本的道德准则，讽刺的话语与这种准则是格格不入的。所以，我们不能将这么厚道的《儒林外史》全然称作是一部出色的讽刺小说。